Eichmann à Buenos Aires

Du même auteur

Une partie d'échecs avec mon grand-père, Rivages, 2018 (traduit par Serge Mestre).

Ariel Magnus

Eichmann à Buenos Aires

Traduit de l'espagnol (Argentine) par
Margot Nguyen Béraud

Éditions de L'Observatoire

ISBN : 979-10-329-1748-0
Dépôt légal : 2021, août

170 *bis*, boulevard du Montparnasse, 75014 Paris

S'il tombe sur un bon gouvernement, le subordonné, celui qui reçoit des ordres, a de la chance ; s'il tombe sur un mauvais, il n'en a pas. Moi je n'ai pas eu de chance.

Adolf Eichmann, *Götzen*

Si vous vous surprenez à avoir de la peine y compris pour quelqu'un comme Eichmann, ne vous dépêchez pas de la réprimer, car c'est exactement cela qui nous différencie de lui.

Bettina Stangneth,
Eichmann hinter den Spiegeln

IV

Des fleurs pour Vera

Sag mir wo die Blumen sind,
wo sind sie geblieben ?
Sag mir wo die Blumen sind,
was ist geschehen ?

Pourquoi tant de malchance ?

Pile le jour de ses retrouvailles avec son épouse, après sept ans de séparation aussi forcée que forcenée, la ville se retrouvait sans fleurs. Mais aussi sans transports publics, sans journaux, sans possibilité d'aller consulter à l'hôpital et sans collecte des déchets, et ce depuis que les syndicats avaient appelé au deuil national. Y compris dans ces circonstances, la pénurie de roses, les fleurs préférées de Vera, ou à défaut, de freesias, de jasmin – pas même un minuscule petit bouquet d'œillets –, c'était cela la vraie catastrophe.

– Mais si vous ici fleurs et pas fleurs, pourquoi vous ici ? s'énerva Ricardo Klement devant le dernier fleuriste qu'il avait trouvé, à vingt blocs de l'hôtel.

– On attend des livraisons du Chili, expliqua le commerçant avec une excitation quelque peu insultante.

Ce devait être la première fois de sa vie qu'il se retrouvait sans marchandise à dix heures du matin, un lundi ordinaire, hivernal et pluvieux, soit le jour le moins indiqué pour acheter des fleurs à quelqu'un.

– Notre Evita est morte, le peuple a tout raflé pour lui rendre hommage.

– *Verfluchte Schlampe !*[1] murmura Klement, de toute sa frustration, puis il écrasa sa cigarette par terre, pour ne pas écraser autre chose.

L'homme à la blouse verte et aux mains terreuses n'eut pas besoin de parler allemand pour deviner que ce monsieur à la voix stridente, pénible à écouter, venait de proférer une violente insulte, sans toutefois identifier que celle-ci était destinée à la Cheffe Spirituelle de la Nation, décédée l'avant-veille d'un cancer de l'utérus (qu'elle n'avait jamais utilisé). Considérant qu'un client ne cessait jamais de l'être même s'il n'avait encore rien acheté, il se contenta de lui adresser une moue ambiguë, de fossoyeur, puis retourna à ses ciseaux rouillés, avec lesquels il faisait friser le bolduc coloré qui entourerait les bouquets internationaux.

Klement n'avait pas le temps d'attendre cette commande de son côté de la Cordillère. Le bateau de son épouse devait déjà avoir accosté et il voulait être à son hôtel quand elle y arriverait, conduite par ceux qui avaient été missionnés pour cela. Il aurait préféré se rendre personnellement au port, fouler ces docks imposants où il avait lui-même débarqué deux ans plus tôt, avec à peine cinq cents pesos argentins en poche, revoir son premier regard d'espoir et de stupéfaction, reflété dans celui de son épouse. Sa présence là-bas aurait également servi à lui montrer qu'elle pouvait poser sans crainte le pied sur cette terre bénie ; cette terre qu'on disait si sûre pour les hommes dans sa situation que Klement avait eu du mal à se convaincre

1. Petite conne ! (toutes les notes sont de l'éditeur)

qu'il pouvait être dangereux de s'afficher en public avec cette femme ; après tout, ils étaient officiellement divorcés et des agents ennemis auraient très bien pu la suivre.

Il traduisit alors sa furie intérieure en grandes foulées de ses jambes arquées, les poings enfoncés dans les poches trouées de son pardessus, le buste penché vers l'avant et les yeux rivés aux pavés, dont les formes et les couleurs se révélaient épouvantablement irrégulières. Pour se calmer, il compta ses pas et eut de nouveau la confirmation qu'il y en avait cent entre chaque coin de rue, que l'on appelait ici *cuadra*. De ce concept-là, avec celui de *manzana*, le pâté de maisons, qui lui était associé, semblaient dépendre la localisation et la taille de toute chose dans cette ville, et c'était pour cette raison que ce furent les deux premiers mots qu'il avait appris dans cette langue vernaculaire. Le fait que la métaphore choisie pour évoquer un carré de ciment soit son fruit préféré (surtout sous sa forme fermentée : le délicieux *Apfelwein*[1]) ne pouvait être que de bon augure ; ce qui fut confirmé lorsqu'il goûta sa première *manzana*, sa première pomme argentine. C'est pourquoi il en avait rapporté plusieurs kilos de Tucumán ; il voulait que ce soit la première chose que mangent les nouveaux habitants. Pourquoi n'avait-il pas pensé à prendre aussi quelques fleurs ? Il ne savait donc pas que l'on appelait cette province « le jardin de la République » ?

Klement fut à nouveau envahi par cette sensation d'échec qui l'accompagnait depuis bien avant qu'il ait fait l'expérience du monde, tel un péché originel de fabrication artisanale. Vieille habitude ! essaya-t-il de se justifier. Tout de même, avant de monter dans le train, il savait déjà qu'Evita était décédée, et il avait vécu assez longtemps dans ce pays pour savoir que tout ce qui tournait autour de cette femme était toujours exagéré,

1. Cidre allemand.

démesuré. En descendant à la station Retiro, se dirigeant vers l'hôtel avec ceux qui lui amèneraient bientôt son épouse, lorsque ces mêmes *Kameraden* l'avaient accueilli à l'époque, Klement avait déjà pu observer une file interminable que les Argentins qualifiaient d'*india*, indienne, et qu'ils formaient avec une précaution ridicule dès qu'ils se retrouvaient à plus de trois au même endroit. Des *cuadras* et des *cuadras*, des *manzanas* et des *manzanas* de pleureurs alignés pour faire leurs adieux à la Porte-Parole des Humbles ; chaque homme et chaque femme avec son bouquet de fleurs, s'abritant des pluies intermittentes sous le journal où ils avaient lu et relu la nouvelle. Klement était surtout touché par la quantité de militaires qui escortaient cette veillée funèbre serpentant à ciel ouvert. Leurs longues capotes de feutre et leurs bottes noires de cavaliers lui rappelaient son propre costume d'il n'y avait pas si longtemps, celui qu'il aurait aimé porter pour une occasion aussi spéciale.

Calmé par sa marche, ou plutôt par le décompte de ses pas, il dut admettre qu'une mort comme celle-ci, bien qu'à un si jeune âge, était tout ce dont pouvait rêver un leader populaire. Pour ne pas dire une épouse de leader. S'il y avait une chose chez le général Perón que Klement admirait, au-delà de la ferveur qu'il inspirait aux gens, c'était la désinvolture avec laquelle il menait ce commandement partagé, du moins non exclusif, avec une femme, et qui plus est la sienne. Ce n'était pas tant que Klement méprisait le sexe féminin, bien au contraire, mais de là à lui céder une place aussi déterminante dans la vie publique, il y avait ce qu'on appelait un abîme. Le pouvoir, n'importe quel homme le protège jalousement, y compris de ses plus proches collaborateurs, et par conséquent, s'afficher ainsi en telle compagnie, à un simple pas d'écart, impliquait une confiance allant bien au-delà de celle que l'on réserve à sa police secrète. C'était la marque d'un pouvoir authentique. Même s'ils avaient su que leur compagne mourrait à trente-trois ans sans avoir eu tout à fait le temps de prendre assez d'envergure pour leur faire véritablement de l'ombre, peu de dirigeants l'auraient laissée développer un tel ascendant sur leurs partisans.

Avec une once de ressentiment, il se demanda si ce n'était pas cela qui avait manqué au chef de son propre pays, dont l'épouse s'appelait également Eva et qui était morte aussi jeune qu'elle, sans enfants. Ces similitudes paradoxales (l'Eva argentine avait-elle un trente-deuxième de sang juif, comme on l'avait découvert chez l'autre ?) ne faisaient que mettre en relief les différences notoires entre cette actrice teinte en blond qui avait conquis le général puis le pays entier, et cette cuisinière, vraie blonde qui semblait être née dans ce même bunker où elle était morte. Quant à la différence entre les deux maris et leur moitié d'orange, elle n'était pas des moindres ; l'un ayant caché la sienne jusqu'à sa mort, l'autre l'ayant exhibée dès le premier instant. Klement se demanda ce que le Führer aurait pu gagner avec cette Eva-là à ses côtés. Sachant qu'il avait fini par tout perdre, cette question avait une certaine pertinence. Peut-être que, sans le vouloir, ses charmes lui auraient fait passer l'idée idiote d'envahir la Russie.

Il s'arrêta à un coin de rue pour s'allumer une autre Condal, dans cette partie de la ville qui, au moment de son arrivée, par un hiver humide comme celui-ci, lui avait tant rappelé le centre de Vienne, celui de Berlin ou celui de Paris. Jusqu'à présent, il avait seulement connu, hormis ces trois-là et d'autres villes européennes, celles du Proche-Orient par lesquelles il était passé avant la guerre, au cours de sa tentative de pénétration ratée du mouvement sioniste. Comme c'était arrivé à Moïse, on ne lui avait pas permis d'entrer en Terre promise, où il avait le projet de s'entretenir avec le Grand Mufti de Jérusalem ; ce qui ne l'empêcherait cependant pas de se vanter plus tard de leur amitié. D'où le fait qu'il s'était attendu à un endroit similaire à cet Orient lointain, sans tuniques ni mosquées scintillantes, mais avec cette même précarité architecturale, constituée principalement de rues en terre, battue par de nombreux pieds nus. Et bien que ce préjugé ait fini par être tout à fait balayé lorsqu'il eut déménagé dans une zone rurale du Nord-Ouest, dès qu'il revenait à Buenos Aires, il ne s'habituait pas à contempler, de ce côté-ci du monde, une ville dont le centre historique aurait pu briller par son opulence y compris de l'autre. Il était vrai que les façades dix-neuvième, pour la plupart décolorées, voire décrépies, alternaient avec des bâtiments modernes et informes, d'une laideur scrupuleuse, et qu'au sol, à leurs pieds, s'agglutinait une quantité de déchets insolite par sa constance, comme s'ils étaient produits par les coups de balai négligents des employés chargés de les nettoyer. Tout aussi vrai que, derrière l'élégance des passants aussi attentifs au pli de leur pantalon qu'à leur raie sur le côté, se cachaient souvent des vêtements *irremendablement* près de s'effilocher. Rien de cela n'échappait à Klement, mais malgré tout, Buenos Aires, avec ses cinémas, ses théâtres et ses boutiques de luxe, demeurait cette ville européenne qu'elle lui avait évoquée au début, lorsqu'on s'était empressé de le conduire du port à une pension allemande, au centre-ville, comme s'il était encore sur ce vieux continent où il ne devait pas être repéré. Ce premier soir, en se couchant, il avait eu la sensation d'avoir traversé un rêve ; un rêve composé des débris du cauchemar qu'il avait laissé derrière lui : pour chaque pierre tombée de l'autre côté de l'océan sous une bombe alliée, d'autres avaient poussé ici sauvagement, comme des champignons. En se réveillant le lendemain, l'Argentine ne lui avait plus semblé ce refuge d'urgence, le dernier endroit du monde où fuir pour préserver sa liberté et sauver sa vie, mais un second foyer, dans la continuité du premier, architecturalement prédestiné à héberger les perdants dès le début de la débâcle.

Le nom retentissant de ce pays presque antarctique, il l'avait rencontré pour la première fois dans le cadre de ses études hébraïques, lorsqu'il avait dû lire et résumer *L'État des Juifs*, de l'Autrichien Theodor Herzl, avant d'entrer en poste au bureau des affaires juives du tout nouveau gouvernement national-socialiste. Dans cette bible du sionisme, le père spirituel du mouvement proposait l'Argentine comme alternative au cas où le retour en Eretz Israel s'avérerait impossible, insistant sur le fait que c'était l'une des nations les plus riches de la planète, aux dimensions aussi immenses que sa population était faible. Bien avant que surgisse l'idée d'envoyer les Juifs dans la colonie française de Madagascar ou de les concentrer à Nisko, en Pologne, celui qui à l'époque était encore *Untersturmführer*[1] avait repensé à Herzl et à la possibilité de faire de ce rêve une réalité, moins en termes pratiques (son domaine d'expertise était les trains, pas le trafic maritime) qu'en termes théoriques. Mais il s'était tant bercé de l'illusion que cette contribution lui vaudrait un « bonbon » (comme on appelait les insignes dans la hiérarchie de la SS), que cette initiative s'était essoufflée en son for intérieur pour finalement sombrer dans l'oubli, de même que plus tard les solutions polonaise et africaine. Il trouvait amusant, en y réfléchissant, que cette Terre promise suppléante finisse par devenir la solution, non pas au problème juif, mais à celui qu'il s'était lui-même créé en essayant de le résoudre.

Il arriva à l'hôtel Majestic de l'*avenida* de Mayo, qu'il avait choisi parce qu'il lui rappelait l'hôtel Majestic de Budapest, où il avait organisé (ou tenté d'organiser) le troc d'un million de Juifs hongrois en échange de dix mille camions. Il traversa le

1. Grade paramilitaire de la SS.

vestibule orné depuis la veille d'un autel improvisé en l'honneur de la Dame de l'Espérance, ainsi qu'était également connue la défunte, puis il appuya sur le bouton près des grilles noires en fer forgé. Simultanément à la cabine mobile, bien qu'à une vitesse très supérieure, une idée descendit jusqu'au cerveau de Klement. Il tourna les talons, refit en sens inverse les quelques pas jusqu'à cette petite table avec la photo et le vase, collée contre un miroir à l'encadrure dorée, devant lequel il s'arrêta pour réajuster sa cravate et plaquer en arrière le peu de cheveux qui lui restait. Il remit son chapeau et regarda sa moustache grisonnante qui dissimulait l'asymétrie congénitale de son visage creusé où ressortaient, tels des implants, son long nez aux larges narines tombant sur un petit menton fendu, et ses grandes oreilles de Juif, comme n'avaient pas manqué de l'observer dans son dos ses anciens camarades, sous-estimant l'amplitude de leur ouïe.

L'ascenseur toucha terre, et dans un mouvement rapide, le regard en coin vers la réception où un jeune en livrée remplissait un registre, les fleurs pour Eva devinrent des fleurs pour Vera.

Klement éjacula dans les entrailles de son épouse, une giclée qui tenait plus de la revendication que du plaisir, afin de lui faire passer sa mine surprise de le voir autant vieilli, puis il se retira dans la salle de bain avant que son membre se ramollisse et se rétracte sous son capuchon, ce qui aurait rendu plus difficile le décalottage en profondeur auquel il le soumettait habituellement après avoir couché avec une femme, y compris la sienne. Ils n'avaient guère de temps pour le cérémonial, car les enfants rentreraient d'un moment à l'autre, dès qu'ils auraient dépensé les cent pesos que leur avait donnés l'oncle Ricardo comme *Taschengeld*[1] de bienvenue.

1. Argent de poche.

Ils étaient immenses, méconnaissables, surtout Klaus, l'aîné, devenu du haut de ses seize ans le nouvel époux de sa mère, à en juger par la méfiance avec laquelle il regarda l'homme qu'elle leur présenta comme leur *Onkel* ; mépris à peine tempéré par le généreux billet que l'oncle lui donna en même temps que les pommes, pour qu'il le dépense pendant sa promenade avec ses frères dans leur nouvelle ville. Ses cadets, Horst et Dieter, par ordre d'arrivée, n'avaient pas nourri envers le nouvel oncle ce même sentiment tièdement hostile, trop occupés qu'ils étaient avec les osselets de vache qu'on leur avait offerts à leur arrivée au port, et avec lesquels ils s'étaient mis à jouer par terre dans la chambre exactement comme Klement avait vu faire les enfants indigènes, comme si les règles n'appartenaient pas à un jeu précis ni à une société en particulier mais à l'enfance en général. La dernière fois qu'ils s'étaient vus, ils avaient cinq et trois ans ; aussi auraient-ils pu avoir été remplacés par n'importe quels autres enfants, comme dans ces films où plusieurs acteurs jouent le même rôle à différents âges de la vie du personnage, et ce sans que Klement ne s'en soit aperçu.

Veronika, en revanche, sa chère Vera, n'avait pas changé : le visage toujours aussi rond, les cheveux aussi noirs et les yeux aussi bleus ; le corps aussi massif, dont les extrémités étaient toujours aussi fermes et les fesses aussi spongieuses. Dans la plus grande intimité, Klement l'appelait Vulpius, en l'honneur de l'épouse de Johann Wolfgang von Goethe, célèbre pour ses rondeurs et sa rusticité désinvolte, qu'il préférait à la rubiconde sveltesse longiligne de l'Aryenne typique. Il n'avait jamais considéré comme un problème que son épouse vienne d'une famille de paysans, contrairement au fait qu'elle soit catholique et n'accepte de se marier qu'à l'église, ce qui était mal vu chez ses camarades du Parti, tous déistes, ainsi que l'exigeait le Führer. Plus tard, il avait affirmé que Vera s'était convertie à son tour à cette religion national-socialiste prônée par Hitler, bien que ce ne soit en réalité qu'un désir de sa part. Vera s'agrippait à sa foi comme au premier jour, au point que la première chose qu'elle fit, lorsqu'ils se retrouvèrent seuls dans la chambre d'hôtel, fut de lui demander de s'agenouiller pour prier en remerciement de ces retrouvailles. Ainsi, à genoux sur le tapis, comme quand ils étaient jeunes, la tête enfouie dans la nuque de Vera comme dans un oreiller, en respirant cette odeur de foin et d'amande moulue qui était son parfum le plus profond, Klement l'avait possédée, également pour lui rappeler que ce n'était pas Dieu qui avait payé ses billets, mais lui, avec l'argent économisé sur deux années de travail dans ce pays.

Sur le seuil de la salle de bains, déjà rhabillé, il raconta à sa femme, légèrement euphorique, une coïncidence dont il venait de s'apercevoir. Sur le passeport de la Croix-Rouge qu'il s'était fait faire pour émigrer en Argentine, en plus d'avoir changé de nom et de lieu d'origine (et de religion et d'état civil et de profession), il avait passé sa date de naissance de 1906 à 1913. Aucun élément de sa nouvelle identité ne devait ressembler à ce qu'il voulait cacher, lui avait-on conseillé, mais il ne savait pas vraiment pourquoi il avait choisi cette date plutôt qu'une autre. L'écart d'années correspondait presque à celles qu'il avait passées dans sa Solingen natale avant que sa famille déménage à Linz, en Autriche, la patrie qu'il quitterait plusieurs décennies plus tard pour retourner en Allemagne, cette fois dans le but de rejoindre en jeune adulte les rangs du nouvel ordre. Mais si ce choix était né d'un traumatisme d'enfance, il n'aurait pas dû se fonder sur cette émigration, à l'origine de tous les problèmes qui l'empêcheraient ensuite de terminer sa scolarité, mais correspondre aux neuf ans qu'avait Klement à la mort de sa mère, le véritable point de bascule de son enfance. Mais ce choix recouvrait tout son sens maintenant que cette petite énigme était éclairée par le temps lui-même : ces sept années d'écart prophétisaient leurs sept années de séparation, de sorte qu'en retrouvant son épouse, à cet instant précis, il avait le même âge que lorsqu'il l'avait embrassée pour la dernière fois.

– N'est-ce pas merveilleux, *Schatzi*[1] ?

– Moi aussi je peux aller aux toilettes ?

Klement alluma une des Gloria que sa femme lui avait apportées, découvrant avec un étonnement amusé que même le nom de sa marque préférée de cigarettes allemandes augurait son futur en espagnol (plus jeune, il aurait juré que c'était un mot anglais), puis il ouvrit les fenêtres en grand, malgré le froid, pour dissiper tout résidu d'odeur de sexe. Les coïncidences numérales le rendaient toujours mélancolique, comme après avoir été témoin d'un petit miracle qui redevient d'autant plus anodin dans le monde qui l'entoure. Accoudé à l'appui de fenêtre, il balaya du regard l'asphalte humide, sillonné de hauts arbres et de vieux lampadaires, une image à laquelle il ne manquait même pas les drapeaux avec la croix gammée pour lui rappeler son pays, car là-bas non plus ils n'y étaient plus accrochés.

Au fond de l'avenue, entre les branches clairsemées des platanes, apparaissait le majestueux édifice du Congrès, où les couronnes funéraires recouvraient complètement les larges marches de l'entrée. Lui revint alors en mémoire le discours prononcé par Evita le 17 octobre de l'année précédente, la première transmission en direct à la télévision argentine, qu'il avait suivie sur un appareil de fabrication nationale installé en plein air devant le bâtiment de la gouvernance de la province de Tucumán. « Si ce peuple me demandait ma vie, je la lui donnerais en chantant », avait dit la première dame, c'était du moins ce que l'on avait rapporté à Klement car son espagnol

1. Mon trésor.

était encore tout juste suffisant pour le commerce quotidien. Cette phrase d'Evita lui avait naturellement rappelé sa grande formule à lui : il sauterait en riant dans la tombe en sachant que cinq millions de Juifs y étaient déjà. Pour cette raison, Klement avait eu l'impression d'être lui-même à ce balcon, au-dessus de tous ces gens buvant ses paroles, ces masses ferventes si semblables et à la fois si différentes de celles qu'il avait connues : d'un côté l'ordre, de l'autre le chaos ; d'un côté les chemises brunes, de l'autre les sans-chemises, *los descamisados*.

Un 17 octobre, date si marquante pour les Argentins, avait débuté à Berlin, exactement dix ans plus tôt, la déportation des Juifs de cette ville. C'était l'opération la plus importante que Klement ait eue jusqu'alors sous son commandement, en plein cœur du Reich qui, dès que possible, devait être nettoyé de ses Juifs, *judenrein*[1], et elle était par conséquent restée gravée dans sa mémoire comme une date presque historique. Peut-être que si on l'avait laissé finir son travail, elle l'aurait effectivement été, au lieu de rester vacante sur le calendrier et qu'un autre régime des antipodes se l'accapare. Avec amertume, il repensa qu'ils avaient eu beau projeter de durer mille ans, ils n'étaient même pas parvenus à s'approprier une seule date.

Il jeta sa cigarette dans la rue, inspira profondément le mélange d'odeur de bois vivant et de bois brûlé qui flottait dans l'air, puis referma la fenêtre. Il regarda discrètement sa montre dorée, le seul bijou qu'il possédait, non pour en faire étalage mais comme éventuelle monnaie d'échange, une astuce qu'il avait apprise des Juifs qui émigraient illégalement en soudoyant les douaniers. Mais ce n'était pas encore l'heure du déjeuner, autrement dit de commencer à se permettre de boire du vin. Vera sortit de la

---

1. Terme allemand employé sous le Troisième Reich, pendant la Shoah, pour signifier qu'un endroit est « nettoyé de tous Juifs ».

salle de bain et lui demanda à quoi servait ces deuxièmes toilettes, plus petites, avec les mêmes robinets que ceux du lavabo ; son mari lui expliqua que c'était une invention française, ne le lui avait-il pas d'ailleurs déjà raconté après l'un de ses voyages à Paris ? Ici, beaucoup de choses rappelaient la France : de la langue parlée par les intellectuels aux baguettes en passant par ces croissants plus petits et plus épais qu'on appelait *medialuna*, demi-lune, *Halbmond*. N'était-ce pas poétique ? De toute façon, là où ils allaient, il n'y aurait pas une telle sophistication en matière de nourriture, et encore moins de mobilier de salle de bain. Sans vouloir l'effrayer, il devait la prévenir que les conditions de vie à Tucumán étaient assez précaires, même s'ils ne manqueraient de rien et que chacun serait présent l'un pour l'autre ; ce qui était le principal.

– Il y a une église, au moins ?

– Ça, on n'y coupe jamais.

Klement montra du doigt la bible que sa femme avait posée sur les exemplaires de *Der Weg*, la revue la plus lue par la communauté, que ses camarades lui avaient prêtés pour passer le temps. C'était le premier objet qu'elle avait déballé en arrivant dans la chambre d'hôtel, et celui qu'elle tenait dans ses mains au moment de la prière (il ne se rappelait pas si après la prière aussi). La même bible que, des années plus tôt, dans une crise de fureur, son mari avait déchirée en deux, et que Vera, au lieu de la faire réparer, continuait à utiliser comme telle, à l'aide d'un petit ruban de cuir rouge fermé par une boucle en argent pour maintenir le tout. Ce n'était pas la première bible que lui abîmait l'homme auquel elle avait juré amour éternel à l'église. La précédente, qu'elle conservait dans un étui de feutre pourpre depuis sa communion, Klement l'avait déchirée en plusieurs morceaux pendant une autre crise de colère, et il l'avait ensuite jetée dans les charbons du poêle en faïence, où elle avait crépité des heures durant. Il ne supportait plus qu'à chaque dispute elle lui cite ce livre comme s'il s'agissait de la parole du Führer, et en règle générale, il n'appréciait pas que le moindre curé ait plus d'influence sur elle que son propre époux. Quelques jours plus tard, en sortant d'une déprime aux dimensions aussi exagérées que celles de sa piété, Vera était revenue avec une nouvelle bible, qui en réalité était ancienne et ne lui appartenait pas. C'était celle que Klement avait reçue de sa belle-mère à l'âge de seize ans, quand il avait dû aller travailler à la mine sur ordre de son père. Il avait lu le livre des livres pendant ses jours de congé, soulignant en rouge ou en bleu les parties qui l'intéressaient le plus, à savoir exclusivement les batailles de l'Ancien Testament. Ces grandes tueries, où même les moutons ne survivaient pas, et ces villes entières rasées excitaient son imagination adolescente, déjà chatouillée par ce qu'il avait réussi à percevoir de la Grande Guerre. Klement se ne rappelait pas avoir gardé ce manuel de campagnes d'extermination, et le récupérer avait été une stratégie intelligente de la part de sa femme, même si avec le temps, cet exemplaire-là non plus n'en sortirait pas indemne. S'il n'avait pas fini de le déchirer et de l'incinérer lors de cette seconde crise anti-biblique, c'était parce qu'il ne voulait pas revoir son épouse si triste sans son amulette, et peut-être aussi à cause d'un reste de sentimentalisme à l'égard de cette même amulette. Il lui plaisait de se dire qu'il avait arraché ce double livre pile entre sa partie ancienne et sa partie moderne, bien qu'il sache que ce n'étaient au fond que deux facettes du même monisme sémite.

– Je vois que certaines choses ne changent pas, dit Klement, sans rancœur.

– C'est ma trousse à pharmacie, répondit Vera, énigmatique.

Elle défit la boucle, sépara les deux morceaux (avant et après la dévastation d'Israël, Ezéchiel 33:32, souligné en rouge et en bleu) puis lui montra les cavités qu'elle avait découpées à l'intérieur de la reliure, deux de chaque côté de la couverture. Elles contenaient les quatre ampoules que son mari lui avait données avant d'entrer en clandestinité, en lui disant qu'ils n'en auraient pas besoin avec les Américains, les Français ou les Britanniques, mais que si les soldats qui frappaient à sa porte revêtaient l'uniforme soviétique, elle devrait immédiatement en donner une à chacun des enfants, puis avaler la dernière : la mort par empoisonnement était une bénédiction comparée au fait de tomber aux mains de ces bêtes rougeaudes. Lui-même avait sa propre capsule, cousue à l'intérieur d'une chaussette, au cas où il se retrouverait dans la même situation. Heureusement, il avait été fait prisonnier par les Américains, et bien que le Reich soit mort, et avec lui ses rêves et le sens de son existence, il lui restait encore sa famille, qui avait le droit de le savoir vivant. C'était pour cette seule raison qu'il avait jeté sa dose de poison dans les toilettes et qu'il avait tout fait depuis lors pour trouver le moyen de s'évader du camp et retrouver les siens.

– Maintenant, on peut les jeter dans la cuvette, ordonna-t-il, magnanime. Ici, il n'y a pas de Russes, ni personne pour nous faire du mal.

– Oncle Ricardo, vous faisiez quoi avant de venir en Argentine ? voulut savoir Klaus, tandis qu'ils attendaient leur petit déjeuner dans le wagon-restaurant du Pullman Express.

Ce n'était pas une question née de la curiosité mais de la méfiance. Comme il n'avait pas pu raconter grand-chose à Vera la veille au soir, après qu'elle eut endormi les enfants dans la cabine contiguë, il se sentit obligé de s'étendre un peu. Mais il n'avait pas non plus besoin qu'on le pousse beaucoup pour parler de son sujet préféré, c'est-à-dire lui-même.

Il commença par la fin, en évoquant le camp de prisonniers où il s'était retrouvé quand la guerre avait été perdue. Il raconta que c'étaient les Noirs qui l'avaient le mieux traité, parce qu'ils savaient ce que c'était que d'être discriminés, comme cela arrivait désormais aux nazis pour le simple fait d'avoir défendu leur patrie et leur race. Les *Amish* blancs, en revanche, ne toléraient aucune plaisanterie. À un lieutenant qui lui avait demandé son nom en ajoutant « Né... ? », Klement avait répondu « Oui, bien sûr » sans lui arracher le moindre sourire. À côté de cet homme, se rappela-t-il, se tenait un ancien officier de la SS qui, devant chaque nouvel interrogé, assurait au lieutenant qu'il s'agissait d'un fervent opposant à Hitler, y compris Klement, ce qui l'avait empli de honte et de dégoût.

– Avoir perdu ne signifie pas qu'il faille s'humilier devant le vainqueur, déclara-t-il face à un public dont dépendait la restauration d'un éventuel IVe Reich. Je me souviens qu'ils ont voulu nous montrer un film sur les prétendus crimes que nous avions commis, mais nous avons déclenché une petite révolution et ils ont dû ranger leurs bandes. Pourquoi ne regardaient-ils pas plutôt un film sur ce qu'ils avaient fait eux, à Dresde ?

Après l'avoir considéré comme « dénazifié », pour reprendre le terme que ces gens-là utilisaient en parlant du plaisir de dérober y compris ses convictions à un homme qui ne possède plus rien, les Américains l'avaient libéré, mentit Klement sans transition, comme s'il ne voyait pas de différence avec la vérité. Sincèrement, il ne comprenait pas pourquoi il lui était impossible d'impressionner sa famille en racontant comment il s'y était pris pour s'évader du camp, avant que son visage commence à évoquer quelque chose aux Juifs invités à faire des tours de reconnaissance parmi les prisonniers. Il ne serait pas venu à l'esprit de tout le monde, comme il était venu à celui de Klement, de répandre la rumeur qu'il comptait se rendre au Moyen-Orient pour retrouver son ami, le Grand mufti de Jérusalem. Mais il ne pouvait rien dire. Ainsi l'Histoire punissait-elle ceux qui avaient donné leur vie pour la changer.

– Ensuite, j'ai travaillé comme bûcheron, afin que les gens aient du bois pour reconstruire leurs maisons détruites par les bombardements de ces assassins d'Anglais, déclara-t-il, tout en sachant que ce bois servait en réalité de combustible pour les trains, comme si chacun de ses actes était condamné à tourner autour de ce moyen de transport.

– Avec une hache ? demanda Dieter en regardant ses bras maigres avec une certaine incrédulité.

– C'était un travail difficile, oui, mais j'avais de bons compagnons, répondit l'oncle, taisant toutefois qu'il avait également eu une jolie compagne, Nelly, la sœur veuve du camarade avec lequel il s'était évadé.

Ils habitaient tous ensemble dans un campement de cahutes misérables connu sous le nom de l'« île ». Le week-end, Klement, ou plutôt Otto Heninger, comme il se faisait appeler à l'époque, se rendait au village le plus proche à bicyclette et divertissait les gens en jouant du Brahms et du Beethoven au violon.

– Et pourquoi vous n'êtes pas venu nous voir ? lui demanda Klaus, après avoir goûté la confiture de lait avec la pointe de sa langue et s'être arrêté là, écœuré.

Klement dut se retenir pour ne pas infliger une correction à ce morveux inquisiteur, et plus encore pour dissimuler la fierté que sa perspicacité provoquait chez lui. Il s'en sortit en racontant que la scierie avait fait faillite et qu'il avait décidé d'utiliser ses économies pour acheter cent poules afin de contribuer à nourrir le peuple soumis aux pires privations à cause de l'arrogance et de la cruauté des vainqueurs. Paradoxalement, comme la basse-cour se trouvait près d'un ancien camp de concentration, il avait été obligé de faire commerce avec des survivants.

– Évidemment, aux toucans, je leur vendais les œufs à n'importe quel prix, leur dit l'*Onkel*, et il se colla une redondante *medialuna* au milieu du visage, déclenchant l'hilarité y compris de ceux qui ne savaient pas de quoi il parlait.

Il aurait aimé raconter qu'à cette époque, quand il ne s'occupait pas de ses poules ou qu'il ne ramassait pas de baies dans la forêt pour les nourrir, il avait commencé à écrire ses mémoires. Il comptait réfuter une à une toutes les bassesses qu'avaient dites sur son compte ses anciens frères d'armes durant ces infâmes spectacles montés par les forces d'occupation à Nuremberg. Après un bref silence, chargé d'un silence beaucoup plus grave, et tandis que d'un geste de la main il conseillait à sa femme de ne pas toucher à l'infusion de maté, Klement ajouta :

– C'était une période heureuse. Le dimanche, je sortais faire des promenades à bicyclette.

Dans sa mémoire apparut alors, riant de ce bonheur inexistant, le visage du Juif qui lui achetait plus d'œufs qu'il n'aurait pu en manger, sans doute pour sa famille qui devait être nombreuse. La peur de ce Juif en particulier, et en règle générale des brigades de cette race qui exécutaient des nazis sans prendre la peine de simuler de procès sommaire, l'avait conduit à vendre à perte ses poules pondeuses et à s'enfuir du jour au lendemain, non sans avoir brûlé au préalable ses mémoires dans lesquels tout ce qui était écrit pourrait être utilisé contre lui. Cette fois, il avait dédoublé sa destination : aux propriétaires de la ferme, il avait dit qu'il partait tenter sa chance en Norvège ; et à Nelly, il avait prétendu qu'il se rendrait aux Russes. Si elle n'avait pas de ses nouvelles d'ici quelques semaines, elle pourrait dessiner une croix à côté de son nom, déclama-t-il, alors qu'elle se blottissait dans ses bras, le pleurant comme s'il était déjà mort.

– Je ne suis pas venu vous voir parce qu'il y avait des Israélites partout. – Klement avait osé le dire car, après tout, le fait d'être poursuivi ne prouvait en rien sa culpabilité, seulement la folle soif de vengeance des autres. – J'ai déjà eu assez de mal comme ça à quitter ma patrie. Je me sentais comme un enfant séparé de sa mère qu'il aurait vue mourir sans avoir rien pu faire pour la sauver.

– Tu as pris le bateau à Hambourg ou à Brème ? voulut savoir Vera.

– À Gênes, c'était moins cher, mentit-il à nouveau, se rappelant avec une rancœur particulière que ses camarades n'auraient rien fait sans une coquette somme à la clé, alors que les moines franciscains et les autorités argentines ne lui avaient pas demandé un seul mark.

Au même moment, à cette table comme à toutes celles de l'élégant wagon-restaurant – nappes amidonnées, vaisselle éclatante, serveurs en livrée –, l'attention des convives fut distraite par l'arrêt brutal du train au milieu de la steppe. Klement pensa à une avarie, presque avec soulagement car l'allure impeccable de ce train anglais était un affront pour un Allemand, mais ensuite il vit des passagers descendre avec leurs bagages, comme s'il s'agissait d'une gare. Et c'en était une, en effet, bien que rien ne la signalât comme telle, ni panneau, ni quai, ni misérable cabine en bois pour le chef de gare, pas un seul signal lumineux ni la moindre lettre peinte sur une plaque, rien qu'une parcelle de terre piétinée sous deux arbres qui devait faire office de salle d'attente, et quelques traces de pas montant une légère côte pour se perdre entre les constructions écrasées contre l'horizon. Étonné de ne pas avoir remarqué cet arrêt lors d'un précédent voyage, Klement expliqua à ses neveux qu'une gare n'était pas un bâtiment placé à côté des rails, ni un nom sur une carte, mais simplement l'endroit où le train s'arrête pour gagner ou perdre des passagers.

Lui aussi avait dû inventer des gares là où il n'y en avait pas, quand il travaillait pour le Reich, poursuivit-il, comme si ne pas avoir pu continuer son récit l'incitait à rouvrir la porte de derrière. Avec une grande patience, il leur expliqua comment calculer le temps d'arrêt d'un train en fonction de sa vitesse, de sa longueur et du poids qu'il transporte, et combien de combustible est brûlé selon que ce train monte ou descend, là encore en fonction de son poids. Pour finir, il leur parla du cœur de son travail en tant que responsable des *Transport*, à savoir la maximisation de la quantité de matériau humain par wagon, et de wagons par train.

– Combien de gens pensez-vous qu'il puisse rentrer là-dedans, une fois qu'on a enlevé les tables, les chaises et le reste ? les défia-t-il. Quarante ? Cinquante ? Soixante ? Cent ?

Klaus prit quelques instants pour compter rapidement le nombre de personnes présentes dans la voiture-restaurant et les multiplia dans sa tête jusqu'à remplir tout l'espace vide, puis il dit :

– Cinquante.

– Je pense pareil, cinquante, ajouta Vera, mais sans rien imaginer car elle savait de quoi parlait son mari.

En se réadossant à sa chaise, Klement leur répondit que c'était le nombre officiel, qu'il avait réussi à doubler afin d'augmenter la productivité.

– Cent personnes par wagon ? s'exclama Vera, horrifiée, reposant sa moitié de croissant dans son assiette.

– Cent personnes, oui, mais pour le prix de cinquante ! - Klement redressa le buste, sans même s'apercevoir qu'il mentait, car parvenir à ce coefficient restait son désir le plus cher –. Tu crois que c'était gratuit, peut-être ? Juste pour les bambins, les autres payaient par kilomètre parcouru : quatre *Pfennig*[1] pour

1. Ancienne monnaie divisionnaire de l'Allemagne qui valait un centième de Deutsche Mark.

les adultes ; deux pour les enfants. Il a fallu négocier un tarif par wagon avec le ministère des Transports. Vous savez combien d'argent je leur ai fait économiser ? Le docteur Ganzenmüller lui-même m'a félicité, le chef des chemins de fer. Lui aussi est venu en Argentine, il a travaillé comme conseiller de Perón ; je te le présenterai.

Quand Klaus voulut savoir combien de kilomètres parcouraient les trains, son oncle prit l'exemple de celui qui reliait Hambourg à Theresienstadt, le ghetto modèle qu'il avait contribué à imaginer ; une vraie *Little Israel* en pleine Bohême-Moravie, avec toutes les commodités imaginables : théâtre, école, hôpital, et même un crématorium ! Le tout autogéré par ses propres habitants.

– Les Juifs ont toujours été reconnaissants envers moi - il s'alluma une cigarette. D'abord, parce qu'en se retrouvant tous au même endroit, ils évitaient les pogroms. Et ensuite, parce que l'obligation de cohabiter dans cet espace réduit leur a servi d'entraînement pour la création de leur futur pays au Moyen-Orient.

Tandis qu'il calculait d'autres trajets, depuis d'autres villes et d'autres pays, mais toujours jusqu'au même ghetto, Klement lui expliqua qu'il fallait d'abord commencer par convoquer une *Fahrplankonferenz*, ou conférence de planification, pour étudier la meilleure façon d'intégrer ces trains spéciaux sans bouleverser trop radicalement la grille horaire déjà établie ; toute une science que même lui n'avait jamais réussi à maîtriser complètement. Puis il voulut mettre à l'épreuve la sagacité de Klaus en lui soumettant le problème qu'il avait dû affronter lui-même au début : comment faire pour réduire au maximum ces trajets dans chaque pays, sans qu'aucun Juif descende du train dans lequel il était monté. Après y avoir réfléchi un moment, dans un silence très concentré auquel il ne manquait qu'une cigarette pour ressembler tout à fait à son oncle, ses yeux bleus s'éclairèrent soudain et il répondit que le mieux, c'était que tous les Juifs habitent au même endroit, près d'une grande gare.

– Exactement. Les trains ne doivent pas aller aux Juifs, c'est aux Juifs d'aller aux trains, le félicita l'*Onkel* avec émotion, en partie parce que son neveu avait trouvé instinctivement la définition du ghetto, mais aussi parce que sa spontanéité prouvait que cette idée était incorporée dans la nature même de la question (juive) : une loi comme n'importe quelle autre, telle que, sans chercher plus loin, la loi de la gravité, mais selon laquelle, les choses, au lieu d'aller vers le bas, allaient vers le centre.

Ils passèrent le reste du voyage à prendre leur première leçon d'espagnol, d'après la méthode utilisée par Klement. Elle consistait à mémoriser cent mots par jour, au moyen de fiches de différentes couleurs, où d'un côté était écrit le mot en espagnol, et de l'autre son équivalent en allemand. Travailler avec des *Karteikarten*, semblables à celles qu'il utilisait dans son bureau de Berlin pour enregistrer et classifier les passagers de ses trains, lui faisait ressentir une certaine continuité avec son labeur de cadastre, et il redoublait d'admiration pour la simplicité multifacette de ces bristols à la nature ingénieuse et accumulative, aussi pratiques pour apprendre une langue étrangère que pour organiser un nettoyage ethnique. Il regrettait de ne pas avoir appliqué la même méthode à l'hébreu, quand il avait projeté (sans jamais y arriver) d'apprendre cette langue pour mieux pénétrer la psyché de l'ennemi.

La joie de l'arrivée, vers midi, fut assombrie par la nouvelle qu'il restait encore un bon bout de chemin à parcourir, qui plus est en autocar, et sur une route caillouteuse et accidentée. Ce qu'ils auraient mis au maximum deux heures à faire en train finit par leur en prendre presque cinq, et la pluie n'y fut pas tout à fait étrangère. Quand ils arrivèrent enfin à destination, le ranch aux murs d'adobe et au toit de tôle leur parut être un vrai palace, rien que pour sa tranquillité. Le ciel s'était quelque peu dégagé et l'on pouvait voir les collines arborées que l'oncle leur avait promises en cadeau de bienvenue, leur assurant qu'elles étaient identiques à celles de Linz. Le climat aussi en était la réplique, mais inversée : il faisait presque la même chaleur ici en hiver qu'au moment où ils avaient quitté l'Autriche, en plein été. Les bonnes les accueillirent avec des beignets de banane dont tous se régalèrent, y compris Klaus, qui avait pourtant pris des provisions de chocolat suffisantes, pensait-il, pour survivre sans avoir à toucher à la nourriture locale jusqu'à leur retour en Europe. Klement regretta que, pour leur faire plaisir, les bonnes leur aient également préparé un ragoût de lama avant que les enfants aient l'occasion d'en observer un spécimen vivant. Mais c'était sans doute mieux ainsi, car l'inverse aurait pu les impressionner et ils auraient ensuite refusé d'y goûter.

Quand vint l'heure d'aller dormir, Klement dit à sa femme de ne pas s'inquiéter, qu'il veillerait en personne à ce que les garçons se lavent les dents en utilisant parcimonieusement l'eau du puits qui restait du dîner. Ensuite, il les accompagna dans la pièce où il avait installé trois lits, chacun contre un mur, avec des matelas recouverts de draps, imitant du mieux qu'il avait pu le système européen d'édredons qui n'existait pas ici. En les regardant se mettre en pyjama et se coucher, il compara la scène avec celle qu'il imaginait depuis des mois, sans presque trouver de différence. Il attendit que les élastiques cessent de faire du bruit, comme un chef d'orchestre attendant qu'on arrête de tousser dans son dos pour lever sa baguette, puis il leur dit avec une certaine solennité, après s'être raclé la gorge, que tout ce qu'il leur avait raconté sur sa vie était vrai, sauf une chose.

Un grand secret qu'il ne leur révélerait que s'ils lui juraient de ne jamais, en aucune circonstance, le raconter à personne.

Les enfants gardèrent le silence, impatients, tandis que le bruit des grillons et quelque aboiement lointain s'infiltraient du dehors. Plus proches d'eux, deux casseroles s'entrechoquèrent dans la cuisine et le gond d'une armoire poussa un cri plaintif.

Dès que le silence fut revenu, l'aîné, Klaus, jura à voix haute, bien qu'à contrecœur, et les deux autres l'imitèrent avec enthousiasme.

Ricardo ôta ses lunettes – il les voyait moins bien comme cela, mais il savait aussi que l'inverse était vrai – puis il leur annonça que cet oncle inconnu qui venait d'apparaître comme par magie à l'autre bout du monde était en réalité leur père, Adolf.

Il avait prévu de sceller sa confession en les embrassant chacun sur le front, mais décida finalement qu'il avait fait preuve d'assez de sentimentalisme comme cela ; il souffla les bougies et referma la porte.

IV B

Père et fils

À droite ou à gauche ?

Klement ne se rappelait pas cette bifurcation et il commençait à ne plus être tout à fait sûr des précédentes ; peut-être que ce trajet qu'il avait choisi était aussi absurde qu'erroné. La cascade Los Pizarros était censée se trouver à quarante-cinq minutes à pied par une route qu'il avait déjà faite, mais ils tournaient depuis près de deux heures sans entendre le moindre bruit d'eau au loin. C'était le risque à assumer pour avoir voulu se passer de guide, et se retrouver seul avec son fils aîné afin de lui montrer à sa façon son nouveau lieu de travail : la nature. Mais le problème de fond n'était pas tant de s'être perdu que d'être obligé de faire comme s'il savait parfaitement où il était. Jamais il n'aurait imaginé que ce soit là aussi difficile que l'inverse, sa spécialité : feindre d'ignorer ce qu'il était parfaitement conscient de faire.

– Content d'avoir arrêté l'école ? demanda-t-il à Klaus, pour se distraire soi-même autant que le distraire lui, car il ne pouvait échapper à son fils qu'ils étaient sinon perdus, du moins désorientés.

Le garçon répondit par un geste ambigu de la tête dénotant une indifférence enthousiaste pour cette année scolaire qui venait de toucher à sa fin, cette école rurale où il allait avec ses frères depuis leur arrivée, et le soi-disant intérêt de son père quant à ses études. Klement ne pouvait faire autrement que de le comprendre, lui non plus n'avait jamais brillé ni par ses bonnes notes ni par son assiduité durant sa scolarité, qu'il n'avait du reste jamais terminée.

– La directrice a dit que l'an prochain, je devrai jurer allégeance au drapeau si je veux avoir mon diplôme, dit Klaus, se baissant sous des branches qui lui fouettaient la nuque.

Il était plus grand que Klement, plus large d'épaules et ses membres étaient plus robustes : une version physique nettement supérieure, un triomphe d'évolution. Monté sur un alezan ferré la veille, la crinière brillante tel un second soleil entre les nuages verts du feuillage, il ressemblait à un héros homérique débarqué sur la mauvaise île.

– Pourquoi vouloir un diplôme si tu peux venir travailler avec moi ? lui dit Klement, répétant ainsi les paroles de son propre père lorsque celui-ci l'avait envoyé à la mine, alors qu'il s'était promis de ne jamais le faire.

Ce qu'il ne voulait pas, se justifia-t-il mentalement, c'était que Klaus fasse allégeance, tout court, au drapeau argentin ou à un autre. Pour avoir juré fidélité à un parti, puis à la police secrète de ce même parti, Klement s'était attiré de sérieux ennuis qu'il n'avait eu d'autre choix que de fuir, avec l'espoir que le chemin dévie et débouche sur la route qu'il avait abandonnée, enfin débarrassée de ses obstacles. Sa seule consolation était de penser qu'il aurait sans doute fait la même chose sans avoir prononcé aucun vœu, juste par loyauté envers lui-même et pour finir correctement ce qui avait été commencé.

– Ici, dans la forêt ?

Klaus se débarrassa d'une toile d'araignée collée à ses cheveux, sûrement avec sa propriétaire.

– Ça ne te plaît pas ?

Klement s'emplit le nez et les poumons d'air dense et aqueux, puis l'expulsa en un soupir de satisfaction.

– Si, pour se promener, répondit Klaus, sans voir à la nature un autre usage que celui-ci. C'est comme aller à la pêche, je n'imaginerais pas que ça puisse devenir une obligation.

– Tôt ou tard, tout finit par devenir une obligation, *mein Sohn*[1].

Il insista sur cette phrase en tournant anarchiquement ses rênes vers la droite, comme il croyait se rappeler qu'il fallait faire pour sortir des labyrinthes, et ils continuèrent d'avancer sur une piste de terre avec à peine quelques mauvaises herbes, signe qu'elle était assez souvent piétinée par des chevaux. Tant qu'il y a des chemins, se dit Klement en se mettant à siffler, il reste toujours la possibilité que quelqu'un apparaisse et vienne nous sauver. « La montagne étreint mais n'étouffe pas », comme le lui répétait son guide assigné par la CAPRI, la Compagnie Argentine des Projets et Réalisations Industriels, plus connue sous le nom de Compagnie Allemande Pour les Récents Immigrés, car presque tous ses employés partageaient cette origine. Un critère plus important que celui d'être ingénieur hydraulique, sans doute parce que au fond tout s'apprend. Klement n'avait pas non plus été formé à l'organisation de déportations massives, et pourtant il avait su accomplir son devoir, qui n'était pas une tâche aisée, de façon convaincante. À ce jour, en tant que *déportologue* au chômage, il n'aurait pu trouver de travail qu'au Moyen-Orient, quand les Arabes se seraient enfin décidés à déjudaïser la région et qu'ils auraient besoin de son *expertise*. En attendant, il devait s'adapter aux circonstances. Presque tous ses collègues étaient dans la même situation. En ce sens, cette CAPRI aussi était une île, comme l'italienne, peuplée par les survivants de ce grand

1. Mon fiston.

naufrage qui avait signé la fin de l'aventure transfrontalière du nom de *Lebensraum*.

Les conditions de travail se trouvaient être, qui plus est, assez méditerranéennes. Pour Klement, en particulier, devoir mesurer la profondeur et le lit des rivières alentour dans l'optique d'y installer des usines hydroélectriques afin de stimuler l'industrie de la canne à sucre, fondement de la richesse tucumanienne, ou plus exactement de deux ou trois familles de la province, n'était qu'une parfaite excuse pour monter à cheval, son activité favorite dans la nature, et qu'il avait cherché à transmettre à ses fils dès leur arrivée, à Klaus surtout. Gagner la confiance de ce jeune garçon, avec lequel il n'avait pas eu l'occasion de partager grand-chose, devint sa tâche principale durant cette période qu'il vivait comme transitoire, une attente diffuse. Cela faisait maintenant trois ans qu'il parcourait cette topographie primitive avec la tranquillité d'un guerrier au repos, non pas tant des fatigues qu'il portait sur ses épaules mais, il le savait et il les attendait, de celles réservées par la route qui lui restait à parcourir.

– Tôt ou tard, tout devient une obligation, mais tu sais, ça a aussi son côté positif.

Klement s'était senti moralement obligé d'étoffer son raisonnement.

Son cheval blanc avançait lentement, chassant avec sa queue les taons qui tournaient uniquement autour de lui, comme s'ils savaient que du sang contaminé coulait dans l'autre corps ; du sang taché de sang. Il s'appelait Féroce, un nom qui semblait plutôt faire référence à son cavalier, car la monture était docile comme une bête de cirque.

La végétation, aussi dense que discrète, respectait les sentiers et n'obstruait pas complètement le ciel. Malgré les particules de poussière qui ternissaient ses couleurs, elle semblait compter plus de nuances de vert que de blanc dans les steppes de Sibérie, d'après ce que disaient les rares personnes qui revenaient de là-bas. Idem avec ses bruits : de toutes les tonalités et de toutes les coloratures, alors que ses *Karteikarten* proposaient les mêmes trois ou quatre mots en espagnol, plus ou moins synonymes, pour les dizaines de termes que les oreilles allemandes avaient à leur disposition pour distinguer ces murmures, ces susurrements et ces bourdonnements. Un autre don de la nature dont les natifs ne savaient pas se servir : Dieu lui donnait un *Lebensraum*, un espace vital, qu'il n'avait pas à remplir.

– On va où ? lui demanda Klaus.

Si Klement avait appris quelque chose dans son précédent métier, c'était qu'il ne fallait jamais révéler aux gens ce qui les attendait au bout du chemin. Se concentrer sur le prochain pas obligeait à garder la tête baissée. Il n'y a pas plus soumis que quelqu'un qui n'attend rien.

– Tu te souviens de Hans-Ulrich Rudel, l'aviateur avec qui nous sommes allés pêcher au barrage Escaba ?

Klement se servait de ce vieux truc qui consiste à éviter de répondre à la question en en posant soi-même une autre, et pas n'importe laquelle : une qui demande une réponse simple, presque rhétorique.

– Avec la jambe orthopédique ?

– Avant que vous arriviez, j'ai gravi l'Aconcagua avec lui.

Klement eut le réflexe de poser la main sur la poche qui contenait ses cigarettes, puis il se retint, respectant la promesse qu'il s'était faite intérieurement de ne pas fumer devant son fils.

– L'Aconcagua est la plus haute montagne du continent. Tout le monde veut la gravir.

Il lui révéla qu'à son âge, il était déjà très bon grimpeur, et que la technique, la seule chose vraiment importante en alpinisme, ne s'oubliait pas avec les années. Pour cette raison, ni le passage du temps ni ses forces déclinantes n'avaient eu un rapport avec le fait qu'il n'ait pas atteint la cime de l'Aconcagua. Alors que le héros des *Stukas*, boiteux et de dix ans son cadet, était allé jusqu'en haut, Klement s'était contenté du camp de base de la Plaza de Mulas.

– Trois mille mètres en dessous de l'objectif final, mais quatre mille au-dessus du niveau de la mer.

Il avait traduit en chiffres sa modeste prouesse, ce qui est synonyme d'inscrire noir sur blanc quand on n'a ni crayon ni papier sous la main.

Ce n'était pas faute de force ni de volonté, insista-t-il, mais par intime conviction que les extrêmes ne sont pas représentatifs de la nature et que seul le milieu permet de s'émerveiller du travail du cosmos et son ordre admirable. Il poursuivit :

– Une cascade, par exemple. Une cascade avec une piscine naturelle en dessous, ainsi qu'ils appellent ici ces étangs, comme s'ils étaient postérieurs aux piscines construites par les hommes. Qu'est-ce que c'est ?

Tel un détective devant un cadavre, le visage de son fils semblait imaginer ce qui devait se passer pour qu'un cours d'eau parvienne à faire un saut de cette taille, depuis sa source au cœur des Andes, peut-être même dans l'Aconcagua, en passant par tous ces écueils sur son chemin, jusqu'à mourir dans un dénivelé rocailleux si imposant qu'on lui avait donné un nom propre. Vu l'air dérouté de son fils, il était clair que la *cascadavre*, même lorsqu'on essayait de reconstituer son itinéraire, ne révélait pas son essence, sa raison d'être.

– *Also gut*[1], dit Klement d'une voix rauque. Former une cascade, est-ce l'objectif final de l'eau ? Ou bien n'est-ce qu'une simple étape de son voyage vers la mer ?

1. Soit.

Un mouvement rapide entre les arbustes détourna l'attention de Klaus, qui jouait les distraits devant cette question qu'il n'avait pas comprise. À leur tour, les yeux de Klement se posèrent à l'endroit où l'animal avait bougé. Avec une infinie lenteur, il décrocha la carabine de son épaule, ouvrit la culasse et la mit en position de tir. Durant un instant, tout le monde demeura immobile - la proie, le chasseur et le témoin - en un duel d'attente de l'inattendu. L'animal ne s'était pas enfui quand ils étaient passés devant lui, de même qu'ils n'avaient pas assez faim pour se donner la peine de le chasser. Quelque chose d'autre était en jeu : la prérogative de pouvoir peut-être se passer de l'autre, soit en ignorant ses menaces, soit en le liquidant pour rien.

– Dans la nature, ce qui attire le plus notre attention, c'est en réalité les choses les moins naturelles, reprit Klement dans un même mouvement, tant physique que mental, lorsqu'il se lassa d'attendre que la bête se lasse. Les cascades, par exemple. Si elles faisaient partie de la perfection de la nature, il n'y aurait rien de plus banal au monde, et personne n'aurait envie d'en faire le but d'une balade à cheval. Mais elles sont une erreur de calcul, d'où le fait qu'il y en ait peu.

Ce qu'il voulait dire par-là, se hâta de préciser Klement, devinant que son fils ne comprenait pas où il voulait en venir avec ce discours qui lui servait avant tout à ne pas révéler où ils allaient ; ce que Klement essayait donc de lui dire était que, au lieu d'être fasciné par les scènes extraordinaires et les accidents de la nature, comme c'était le cas du commun des mortels, il valait toujours mieux se mouvoir dans des paysages moins emphatiques, en restant égal à soi-même. Ce n'était qu'à ce moment-là que la nature se révélait en tant que bureaucratie naturelle, où chaque officine remplissait son devoir et faisait fonctionner l'ensemble (termes qui rebattaient à nouveau les cartes quant à la question de qui imitait qui) comme une machine bien huilée.

– Mais où on va, là ? insista Klaus.

Une nouvelle bifurcation se présenta, mais les deux sentiers étaient si inégaux que Féroce suivit docilement la voie la plus large sans attendre les directives de son cavalier. La mémoire de ce dernier, libérée de l'homme qui tenait les rênes, lui rappela soudain une chose qu'il avait lue dans *Économie et Société*, de Max Weber, le grand théoricien de la bureaucratie. Il était tombé sur ce livre dans la bibliothèque de l'écrivain juif Egon Erwin Kisch, chez qui il vivait à Prague, quand on lui avait demandé de reproduire sur le sol tchécoslovaque le modèle de déjudaïsation si réussi qu'il avait implanté en Autriche. Klement avait ouvert le volume au hasard, comme pour acter qu'il ne le lirait jamais en entier, et attiré par le mot *Égypte*, le lieu le plus lointain où il s'était rendu jusqu'à ce jour, il avait lu que l'archétype de toutes les bureaucraties était précisément le modèle égyptien, né de la nécessité de réguler le Nil et les canaux mésopotamiens pour le trafic commercial. Quelle ne fut pas sa surprise en s'apercevant qu'une activité qu'il croyait née avec son gouvernement, ou au plus tôt sous la République de Weimar, avait en réalité une tradition aussi ancienne et une origine si prestigieuse, et ce avant même les pyramides. Par le simple fait d'avoir organisé l'émigration massive de Moïse et les siens, le pays des pharaons pouvait être considéré comme une avant-garde du monde antique. Mais maintenant que la vie l'avait poussé, lui le grand capitaine de la bureaucratie, à s'intéresser aux systèmes fluviaux et leurs environs, Klement comprit que l'inspiration de ces premiers bureaucrates avait dû surgir moins de la nécessité de réguler la nature que de la volonté de l'imiter. Avant les Égyptiens et les Chinois, avant même le premier homme et la première femme, le monde était déjà organisé de façon objective, impersonnelle et divisible en sections, sous-sections et annexes, où chaque élément contribuait au fonctionnement global, suivant un ordre strictement hiérarchique, sans jamais le questionner et sans s'y intéresser, soumis à la rigidité des procédés et à la certitude que, avec le temps et de façon automatique, la permanence de cette responsabilité finirait par aboutir aux avancées correspondantes. La rationalité n'était pas née avec l'homme, elle était pré-intégrée à l'organisation des espèces et à la répartition de leur habitat, à la régénération des animaux comme à celle des ressources, et si elle s'était développée quelque part avec plus d'intensité que partout ailleurs (chez l'homme, et plus spécifiquement, le Teuton), ce n'était que pour finir de se perfectionner elle-même. Le « gratte-papier », si injustement appelé de nos jours, était en réalité le dernier maillon de la chaîne de l'évolution : l'incarnation de l'ordre naturel dans l'ordre naturel.

– Nous sommes arrivés, annonça Klement lorsqu'ils débouchèrent dans une clairière, tirant sur ses rênes plus fort que nécessaire, bien que son cheval n'en devienne pas plus féroce pour autant.

En vérité, de même qu'il n'avait jamais compté atteindre la cime de l'Aconcagua, il ne s'attendait à aucune cascade. Il se fichait complètement que l'eau coule d'un robinet ou de cent mètres de haut, et il se demandait si montrer ce genre de choses à son fils tenait vraiment de l'enseignement de la vie. Quand il avait l'âge de Klaus, son propre père l'avait envoyé travailler dans une mine, tandis que lui jouait les guides touristiques, culpabilisant de l'avoir arraché au cœur de l'Europe pour l'emmener dans ce coin perdu et inhospitalier. Ses efforts pour retrouver son autorité perdue n'étaient guère fructueux ; cela faisait dix mois qu'ils se disputaient, la dernière fois parce qu'il l'avait surpris en train de fumer et qu'il l'avait giflé.

– Arrivés où ? lui demanda Klaus, entre mauvaise humeur et empressement.

Klement enleva son chapeau et s'essuya le front avec la manche de sa chemise, lourde comme s'il s'était baigné avec. Il remit son chapeau, sortit de la poche gauche de sa chemise son paquet de cigarettes et en glissa une dans sa bouche. De la même main, au maximum de sa flexibilité, il attrapa la petite boîte d'allumettes qu'il gardait dans son autre poche, il parvint à l'allumer après une ou deux tentatives ratées, puis laissa tomber l'allumette sans l'éteindre. Il avait appris cette désinvolture auprès de son guide : avec l'humidité qui régnait ici, il disait que jeter une allumette par terre provoquerait un tremblement de terre avant un incendie.

À la première bouffée de tabac, il eut un éclair d'instinct paternel et tendit à Klaus son nécessaire à fumer. Depuis qu'il lui avait donné ce fameux billet de cent pesos le jour de son arrivée, il n'avait plus revu chez lui cette expression de surprise et de contentement mal dissimulés. Les traits de son fils aîné se tendirent à un point tel que, pour un instant, il crut retrouver sur son visage l'asymétrie qui défigurait le sien. Klement affirmait, y compris devant sa famille, que ce léger déséquilibre, tel un mauvais assemblage des deux parties de son visage, était dû à un accident de motocyclette survenu vingt ans plus tôt, lorsqu'il était représentant de commerce pour une compagnie pétrolière. À cette chute, qui n'avait pas été la dernière, mais lui avait tout de même fendu le crâne, il devait sans doute la petite cicatrice sous son œil gauche, en plus du tremblement dont il souffrait dans la même zone lorsqu'il s'énervait. Mais sa difformité, d'autant plus troublante qu'elle restait subtile, était innée. Ses fils n'en avaient pas hérité, redécouvrait-il périodiquement avec un soulagement trouble, d'autant plus déformé par cette pointe de ressentiment et de déception.

Ils finirent de fumer en silence. Les grands pactes se scellent sans paroles.

Klement sortit de son sac une cartouche de dynamite et la tendit à Klaus. Elle lui servait pour son travail, mais il venait de penser que c'était une bonne manière de remplacer la cascade comme but de la promenade. Il lui expliqua comment installer l'explosif - ce qu'il n'avait jamais fait seul, mais ce sur quoi il se permettait de donner des leçons pour avoir souvent regardé les autres faire - puis il balaya la clairière du regard et lui indiqua un tas de pierres au loin. Avant que le jeune homme s'exécute, sans doute à cause de l'attention avec laquelle il l'avait écouté, Klement sentit qu'il devait accompagner l'événement de quelque réflexion philosophique, et il déclara :

– Travailler dans la nature, c'est faire partie d'elle. Et cela, *mein Sohn*, te donne le droit de la modifier.

Ensuite, il observa l'installation en fumant une autre cigarette, et en se disant qu'il n'y avait pas d'inquiétude à avoir pour le retour. Revenir, c'est comme fuir, on trouve toujours un moyen.

☆☆

De quoi riait-il ?

Car l'hilarité du président Perón ne semblait pas se manifester en réponse à une chose qu'on lui aurait dite, mais à intervalles réguliers, comme une respiration, et ses lèvres se fronçaient en creusant ses joues jusqu'à ce qu'une phrase quelconque, prenant en pitié ce visage en effervescence, finisse par l'autoriser à décompresser. C'était comme si le rire anticipait la plaisanterie, indiquant subrepticement le chemin que la conversation devait prendre dès qu'elle menaçait de devenir sérieuse.

Klement, qui ne participait pas à la discussion, ne riait en public que par erreur ou par distraction. Il fallait une plaisanterie vraiment fortuite, ou un malentendu, pour que ses lèvres fines, si fines qu'elles n'en formaient plus qu'une dès qu'il les serrait, rompent leur symbiose pour laisser à découvert ces dents jaunâtres et écartées, malsaines, dont il avait toujours eu honte. Plus jeune, afin de ne pas montrer sa denture aux filles, il avait développé un demi-sourire ironique, qui partait vers la droite, en bloquant sa bouche de l'intérieur pour éviter qu'elle s'ouvre, pas même devant la scène la plus comique du monde. Il s'y était entraîné pendant des années, devant des comédies allemandes autant que hollywoodiennes, bien que le cinéma soit paradoxalement le seul endroit où il pouvait afficher librement ses dents gâtées. Klement faisait tout aussi attention à sa manière de fumer, aspirant par le petit trou laissé par la cigarette après l'avoir tétée, puis il crachait la fumée, toujours par le nez, ce qui lui donnait un air de fumeur discret et élégant. Ce flegme tabagique, allié à cette méthode de conquête (ou du moins de non-répulsion), avait apporté à Klement une réputation d'homme sérieux, voire amer, comme devaient l'être les chefs, que ce soit ceux d'une section comme ceux d'un pays. Pourquoi celui de l'Argentine pouvait-il se payer le luxe de ne même pas faire semblant ?

El Pocho, comme l'appelaient familièrement ses adversaires, éclipsait avec ses dents parfaites et son allemand perfectible les gérants de la CAPRI et les fonctionnaires du gouvernement de la province, tous impatients qu'il confirme le renouvellement des contrats passés avec l'État, et qu'il raconte ses aventures avec les très jeunes filles dont on disait qu'il se servait pour adoucir sa nostalgie d'Eva ; bien plus jeunes que lui, voire mineures. Il les honorait de sa présence, à un jour près, pile un an depuis l'arrivée de Vera et des garçons, deux ans depuis son emménagement à Tucumán, et trois depuis qu'il avait posé le pied dans ce pays, calcula Klement tout en vidant son verre, comme trinquant avec lui-même en l'honneur de ce chapelet de dates bien ordonné.

Il fit une nouvelle tentative pour se rapprocher de l'épicentre universel de la salle, mais avant d'arriver à proximité du cénacle de notables, il se cogna spectaculairement contre l'un des serveurs qui tournaient autour de la réception du Palais du Gouvernement de Tucumán, un petit homme au teint mat, engoncé dans un costume blanc qui lui donnait l'air d'un singe de cirque, et il se contenta d'attraper l'une des mignardises qu'il transportait d'une main gantée sur un plateau d'argent.

Faute de *Kaiserschmarrn*, la *pastafrola*[1] fait bien l'affaire, se dit Klement, et il retourna se poster près de la porte, où l'on voyait moins qu'il n'avait personne à qui parler. Les groupes de gens qu'il avait trouvés en entrant occupaient toujours les mêmes places, comme des planètes dans un ciel fixe qui n'admettait plus d'astéroïdes. Le Führer non plus ne lui avait jamais été présenté, pensa-t-il, et c'était peut-être mieux ainsi, dans les deux cas, bien que pour des raisons opposées : tandis que Hitler n'aurait pu que le décevoir, tant il le tenait en haute estime, ce clown-là ne pouvait qu'améliorer la mauvaise opinion que Klement avait toutes les raisons d'avoir de lui. Évidemment, Perón avait toléré, et même organisé, le sauvetage de ceux que l'on appelait des « criminels de guerre », un concept que Klement trouvait aussi hypocrite et risible que celui de « loyauté commerciale », sur cet autre champ de bataille qu'était la vente et l'achat d'objets. Tout lui avait coûté cher pour fuir l'Europe, excepté le « permis de libre débarquement », dont le gouvernement argentin aurait pourtant pu profiter pour remplir ses propres caisses. Une fois dans le pays, il avait trouvé très rapidement un poste au sein de cette entreprise fondée par l'ancien

1. Pâtisserie très populaire en Argentine.

Hauptsturmführer Horst Carlos Fuldner, qui vivait des généreux contrats négociés avec l'État argentin. Tout cela était vrai, mais il ne l'était pas moins que Perón avait aussi créé sa propre organisation juive, pour concurrencer celle qui existait déjà, et que le journal de chevet de son gouvernement, *La Prensa*, était dirigé par un Israélite. Ce qui démontrait que toutes les faveurs que leur avait accordées cet homme n'étaient que par intérêt, non pas parce qu'il aurait été un *idealist*, comme l'était Klement, ou d'ailleurs Hitler lui-même.

Il s'alluma une cigarette, la plus fidèle des compagnes de l'homme solitaire, et de nouveau face au démagogue à caniches et voitures de course (et au sourire vraiment charmant), il pensa que si Perón avait maintenu une amicale neutralité durant la guerre, c'était seulement dans l'espoir qu'un triomphe de l'axe positionne son pays à la tête du continent américain. Ce type n'avait aucune connaissance en pureté raciale, pas plus qu'au sujet des différences essentielles entre peuples supérieurs et inférieurs. Pour lui, seule comptaient la conjoncture, et un pouvoir maximal immédiat. Pour cette raison, dès le début du conflit, il s'était lâchement rangé du côté des Alliés, et si aujourd'hui il courtisait les vaincus, c'était seulement parce qu'ils lui fabriquaient des avions et des centrales électriques et nucléaires. Les États-Uniens aussi avaient offert l'asile aux plus brillants scientifiques de l'Allemagne nazie, Klement le savait, mais ce n'était pas une raison pour qu'il les considère de but en blanc comme des *friends*. Les seuls à rester intransigeants avaient été les Russes qui, tout en en profitant pour récupérer du matériau humain pour leurs propres laboratoires et usines militaires, ne l'avaient pas fait sous couvert de promesses financières ni de mensonges idéologiques mais à la pointe du pistolet, comme on fait des prisonniers de guerre. Finalement, comme cela lui était déjà arrivé avec les sionistes d'Allemagne,

Klement redécouvrait qu'un idéaliste tel que lui ne pouvait respecter qu'un idéaliste, même s'il était de l'autre bord.

Il profita du passage d'un autre petit singe en livrée pour troquer son verre de vin vide contre un verre plein, et réfléchir, amusé par cette image circassienne, aux points positifs qu'apportait la distinction entre les races lorsqu'elle était aussi notable. De ce côté du monde, nul besoin de promulguer des lois compliquées ni d'étudier des arbres généalogiques pour distinguer les individus de race inférieure : ces gens-là portaient l'étoile jaune gravée dans leur couleur de peau et leur stature ; ce que Klement, lui qui dans son pays était considéré comme un homme de taille moyenne, trouvait particulièrement réconfortant.

– Ricardo le Clément ! le salua son ami Juan, avec des r très prononcés.

Ils avaient convenu de continuer à s'appeler par leurs noms de paix y compris dans les endroits où personne ne connaissait leur véritable identité, pour ne jamais risquer de commettre la bévue d'utiliser leurs noms de guerre dans une situation compromettante. Même quand ils se retrouvaient en privé, que leurs enfants jouaient ensemble, que leurs femmes faisaient de la confiture et qu'ils se rappelaient le bon vieux temps, ils préféraient ne pas transiger sur cette règle d'or, laquelle les faisaient du reste se sentir un peu artistes.

Hans « Juan » Richwitz était le nom d'artiste de Berthold Heilig, héros décoré de la Croix de fer qui avait combattu sur le front russe, parmi les rares à ne pas mépriser pour autant les soldats d'officine et de *Karteikarten* tels que Klement. Vers la fin de la guerre, après avoir soigné ses blessures, mais incapable de retourner au front, Heilig fut envoyé à Brunswick comme inspecteur où, entre autres mesures de rationnement, il ordonna d'arrêter d'alimenter en lait les bébés de la maternité des *Ostarbeiterinnen*, les femmes esclaves provenant de l'est du

Reich. Lorsque l'envahisseur nord-américain avait assiégé la ville, Heilig fut chargé de mener la résistance jusqu'à la dernière goutte de sang et jusqu'à la dernière balle, d'après ce qu'il promettait dans ses harangues à la population. Sa méthode pour préserver le moral du peuple consistait à fusiller quiconque faisant preuve d'une attitude défaitiste, à commencer par le chef de district, qui avait refusé de faire exploser tous les ponts menant à la ville. Lorsqu'il fut le dernier fonctionnaire à rester fidèle au Führer, il se donna lui-même l'ordre de fuir sans tirer un seul coup de feu ni verser la moindre goutte de sang (le sien).

Pour ne pas tomber dans les mains des *Amis*, il était tombé dans celles des *Comis*, dont il s'était extirpé à temps, mais seulement pour revenir sur les lieux du crime, Brunswick, et finir par être fait prisonnier par les Britanniques. Ils lui firent un procès et le condamnèrent à mort pour l'assassinat du chef de district, ce qui lui évita d'être jugé pour celle des bébés, car les juges arguèrent qu'il n'avait pas de deuxième cou disponible pour la potence. Ils se trompaient : avec l'aide de sa secrétaire, qui se débrouilla pour charmer l'un de ses geôliers anglais, Heilig réussit à s'évader de sa dernière cellule et à faire appel aux services de *Perodessa*, l'Odessa de Perón, selon l'expression de cet homme littéralement « riche en blagues », sa propre traduction anglo-allemande du nom de famille qu'il avait choisi pour sa nouvelle vie, en hommage à Ausch*witz*.

– Comment vas-tu, Juan le Saint ?

Klement lui avait rendu son salut et s'était permis d'enfreindre la règle onomastique, mais en passant par l'espagnol.

– *Che*, c'est la merde, Klementelé, répondit Richwitz, mêlant l'argot argentin au peu de yiddish que Klement lui avait appris.

– Ça y est, elle est au courant ?

Inquiet, Klement, repassa à l'allemand.

Richwitz acquiesça, avec une grimace mi-contrite, mi-espiègle. Son épouse était arrivée d'Allemagne depuis quelques semaines avec leurs trois filles, sans savoir qu'il s'était entre-temps mis en ménage avec une autre femme, également allemande et déjà mère de plusieurs filles. Au début, il avait réussi à maintenir les deux familles à distance, une vraie prouesse, même s'ils n'étaient pas tous blonds et donc reconnaissables à des kilomètres dans cet *Affenland*, ce pays de singes. Il avait même emmené les nouveaux venus prendre le thé avec Vera et les garçons, auxquels Klement avait discrètement imposé la discrétion via sa méthode pédagogique favorite : une bonne baffe préventive à chacun, en guise de démonstration édulcorée de ce qui les attendait s'ils n'obéissaient pas. Il semblait évident, cependant, que la vérité n'avait pas été longue à éclater et qu'elle avait dû échapper à l'une des deux femmes. Klement considéra que lui demander laquelle était aussi indiscret que de s'intéresser au type de cancer que l'on vient de diagnostiquer à un parent proche, et il préféra se tourner vers l'avenir.

– Et maintenant ?

– Maintenant, reste à voir laquelle de mes deux épouses gagnera la guerre.

Klement esquissa son demi-sourire, mais au fond, le cynisme de son ami le scandalisait. Un homme pouvait et devait avoir d'autres femmes, surtout quand il passait de longues périodes loin de la sienne. Lui-même ne s'était pas départi de ses galantes manières lorsqu'il travaillait à Berlin pendant la guerre, car en tant que haut gradé d'une armée de veuves temporaires ou définitives, il était presque de son devoir de s'occuper d'elles ; de même qu'il n'avait jamais été seul durant sa clandestinité dans les landes de Lunebourg, où il fallait certes préserver la morale, mais au prix d'en sacrifier une partie. Ici même, à Tucumán, tandis qu'il mettait de l'argent de côté pour faire venir sa famille, il avait fait un usage certain des petites Indiennes que l'entreprise avait placées sous ses ordres, les récompensant galamment par des sous-vêtements achetés en ville. Néanmoins, malgré tout, ses enfants n'avaient qu'une seule mère et toute confusion à ce sujet attentait à l'ordre naturel des choses. Au contraire de ce Richwitz nullement présentable, il avait toujours tenu ses amours strictement secrètes, ce qui impliquait d'avoir des explications toutes prêtes à fournir, mais par chance (ou plutôt par prévision, discipline et constance, car de la chance, il n'en avait pas) cela ne lui était jamais arrivé. Sauf la fois, à Vienne, où il avait eu la stupidité d'acquérir la propriété d'une maîtresse à un prix sans doute trop élevé, dans le but d'y installer un *Umschulungslager*, ou camp de rééducation pour Juifs, mais même à cela, il aurait été capable de donner une explication crédible devant n'importe quel indiscret ou calomniateur.

– Hitler les élève et Perón les unit, plaisanta Richwitz, pointant avec son verre les gens agglutinés autour de lui, dont bon nombre était en capacité linguistique de le comprendre, y compris le président lui-même. Ce n'est pas pour rien qu'il habite *calle* Austria, *nicht wahr*[1] ?

Quelle plaie, pensa Klement, honteux de son ami, affichant encore un demi-sourire sur sa joue droite. On racontait que le chef de district qui avait désobéi à l'ordre de faire sauter les ponts avait essayé se suicider en se taillant les veines mais que Heilig ne l'avait pas laissé faire : il voulait le tuer par balle de ses propres mains. Et Klement qui se sentait si rigoureux d'avoir jugé ces quelques SS qu'il avait surpris à brûler la barbe de Juifs ! C'était peut-être pour cela que Richwitz forçait sur la boisson ; pour oublier ses abus. En le voyant lever le coude,

1. N'est-ce pas ?

Klement, dont le souvenir des fosses pleines de cadavres était comme flouté par les brumes d'alcool où lui aussi avait tenté de les oublier, se sentait abstinent comparé à lui.

Malgré tout, Richwitz était le seul de ses camarades d'exil qu'il pouvait qualifier d'*amigo*, un mot qu'il préférait utiliser en espagnol malgré sa signification ténue, car en allemand, après ce que les siens lui avaient fait à Nuremberg, ce mot ne voulait plus rien dire. Le reste de ses *Kameraden*, cette version bureaucratique du *Freund*, étaient à peine aimables avec lui, pour ne pas dire qu'ils le fuyaient comme un lépreux. Personne ne s'intéressait plus à l'homme qui avait battu des records d'émigration en Autriche grâce à la simple idée de concentrer toutes les procédures dans un même édifice, et celle, plus complexe psychologiquement, d'obliger les sinistrés à organiser eux-mêmes leur expulsion du pays ; brillante idée qui l'avait hissé au rang de responsable de toutes les déportations à l'Est. Il était désormais devenu un paria duquel ne pouvait s'approcher qu'un autre paria, comme ce Richwitz, véritable assassin, condamné à mort, mort-vivant.

– Elle est bonne, cette *pastafrola* ? lui demanda Richwitz en en attrapant une.

– Je ne l'ai pas goûtée, répondit Klement, faisant travailler le muscle du mensonge.

– Un briseur de Juifs qui refuse de la pâte brisée, on aura tout vu !

En quittant le cercle autour du président, une erreur de calcul fit passer Armin Pelkhofer (Armin Dadieu) devant le couple de parias, qu'il n'eut d'autre choix que de saluer. On racontait que sa fille était fiancée à un survivant d'Auschwitz. Un luxe que seul pouvait se permettre un ancien pilote expert en missiles, qui travaillait au développement de l'avion de combat Pulqui, avec Kurt Tank.

– *Grüß Gott !*[1] lança Armin, en levant la main.

– Je ne te le fais pas dire ! répondit Richwitz en levant son verre.

Puis il le regarda s'éloigner. Ce que faisait aussi Armin Schoklitsch, le chef de Klement, mais en direction d'un petit groupe de péronistes, où il fut chaleureusement salué par Franz Sterzinger - le seul qui s'y connaissait en projets hydroélectriques, pour avoir eu la charge de la région sous les ordres d'Albert Speer –, et par Herbert Hagel, l'ancien secrétaire du gouverneur de Linz, que Klement aspirait à diriger en tant que chef de la police s'ils gagnaient la guerre.

Tandis qu'il vidait son verre, mettant un instant de côté sa rancœur d'être ignoré, Klement pensa avec un peu de tristesse que tous ces gens réunis là auraient pu reformer un joli groupe s'ils avaient eu une mission qui les unisse, un ennemi clair, un idéal commun. Mais chacun menait désormais la bataille mesquine de la survie individuelle, et il aurait été inutile de les obliger à autre chose. C'était l'union qui faisait la force, pas le contraire.

– Il rit toujours, fit remarquer Richwitz, le menton pointé vers Perón. En même temps, quand la blague est bonne, même la victime en rit.

– C'est le dernier qui rit qui a raison, répondit Klement, pour dire quelque chose, mais surtout pour que l'autre ne remarque pas qu'il n'avait pas compris.

– C'est drôle que tu aimes les *Masswörter*.

Richwitz semblait amusé par son jeu de mots entre *Massenmord* (« tueur de masse ») et *Massenwort* (« phrase de masse », ou proverbe), alors Klement, impatienté par ce type qui faisait le malin (dans son propre intérêt), se sentit obligé de lui demander à quoi il faisait référence.

1. Bonjour !

– Tu ne t'es jamais demandé de quoi riait notre président ? lui demanda Richwitz, retrouvant son sérieux.

– Ce n'est pas mon président.

C'était au tour de Klement de faire le malin.

– Non ? Et qui est ton président, alors ? Adenauer ?

Klement préféra ne pas répondre à cette provocation, en revanche il voulait savoir de quoi son ami pensait que Perón riait sans arrêt.

– Tu n'as pas vu les graffitis au sujet de son épouse quand elle était malade ? « Vive le cancer ! ». Ah ah ! Moi, j'appelle ça de l'humour noir de Blanc, autrement dit, de l'humour noir de qualité supérieure.

☆☆

– Ça vous manquera.

Klement tira sur sa cigarette plus longuement que d'habitude pour contenir son émotion. Les prédictions du docteur Claudio Denis s'avéraient exactes, maintenant que la fin de l'année avait précipité les événements et qu'il devait se dépêcher de quitter, par manque de travail, ou plutôt d'argent pour le financer, cet endroit qu'il pensait de toute façon abandonner progressivement. S'il avait été heureux durant ces années passées en solitaire à traverser sur le dos de Féroce les massifs de l'Aconquija, dormant parfois dehors et chassant pour se nourrir, presque sans prendre de congé afin d'économiser et faire venir sa famille, comment qualifier ce qu'il ressentait depuis qu'ils étaient de nouveau réunis sous le même toit ? En sachant surtout que Klement vivait séparé de sa femme et de ses fils depuis le début de la guerre, quand il avait été envoyé à Berlin et que Vera avait préféré rester à Prague. Même la pauvreté de ces abris tucumaniens avait fini par devenir relative : certes, les garçons regrettaient la lumière électrique mais ils faisaient la course pour rapporter l'eau du puits, et si Vera aurait aimé compter sur une petite ville à une distance que l'épouvantable état des routes n'aurait pas rendue infinie, elle appréciait le fait d'avoir deux servantes payées par l'entreprise, qui faisaient la cuisine et lui teignaient même les cheveux.

La précarité des provinces d'Argentine avait une autre différence comparée à celle des provinces d'Autriche : elle était durable. Tandis qu'en Europe d'après-guerre on savait que tout irait mieux et que cette précarité ne l'était que transitoirement, ici il était certain que rien ne changerait, du moins pas dans l'immédiat. Il restait encore des décennies avant que les repérages de Klement permettent au professeur José Darmanín de l'université de Tucumán de les transformer durablement en barrages et en usines hydroélectriques qui apporteraient le progrès dans la région ; et paradoxalement, cet avenir aux traits futuristes calmait l'anxiété que l'on ressentait en Europe, conférant au présent, si peu riant soit-il, justement une forme de présence.

– Et comment ! répondit Klement, dans des volutes de fumée mélancolique. Mon épouse et moi, ce que nous aimons pardessus tout, c'est la nature, là où le regard peut vagabonder librement, buter contre mille recoins inattendus. L'odeur terreuse de la rosée, le concert des oiseaux, regarder le soleil se lever et se coucher...

Pour échapper à la nostalgie que ce présent provoquait déjà en lui, Klement raconta au docteur Denis qu'à Berlin, il avait un chauffeur qui, chaque jour, que le ciel soit plus ou moins couvert, le prévenait dès qu'il restait quinze minutes avant que le soleil se couche, de sorte qu'il pouvait monter dans la Mercedes, rejoindre en dix minutes son point de vue préféré et profiter du spectacle rouge vif.

– Cinq minutes seul, en paix. Vous savez combien vaut ce plaisir silencieux en plein milieu de la guerre ?

De même avant la guerre, à Vienne, où il n'avait pas la force d'aller s'asseoir chaque matin à son bureau sans être monté auparavant au Kahlenberg pour observer le lever du roi des astres. À ses débuts à Berlin, quand on ne lui avait pas encore mis de voiture à disposition - continua de récapituler Klement -, au lieu de prendre le tramway 21 à Berlin-Britz, il partait un peu plus tôt et marchait quelques kilomètres, moins pour faire de l'exercice que pour passer par cette scierie, où un arbre dont le feuillage murmurait au vent symbolisait pour lui les forêts de la région du Mühlviertel en Haute-Autriche.

– Pendant trois mois, j'ai discuté avec cet arbre, il connaissait tous mes chagrins, confessa Klement. C'était un *Fichte*, je ne sais pas comment ça se dit en espagnol.

– *Abeto rojo,* je crois, un sapin rouge, hésita le docteur Denis, avant d'ajouter avec enthousiasme : En allemand ça nous évoque un philosophe, et en espagnol la peste bolchévique.

– Plus on prête attention à ce qui se passe dans la nature, moins on trouve injustes les ordres imposés par les gouvernements, ajouta Klement, achevant de changer de sujet, même si pour lui il ne s'agissait pas d'une digression. Tout le monde a raison, ça dépend du point de vue. L'instinct de conservation est plus fort que n'importe quelle morale. Les fourmis, les abeilles, tout, des bacilles jusqu'au système solaire, tout nous enseigne la logique de la subordination à cette loi cruelle dont seuls les malades et les dégénérés sont exempts. Il faut obéir, pour donner l'opportunité de mieux vivre à une communauté plus grande que soi, et à soi-même au sein de cette communauté. Face à la loi glaciale, la chaleur du cœur humain doit capituler. C'est dans cet esprit que j'ai personnellement obéi aux ordres de mes supérieurs, en accord avec le serment que j'ai prêté à ma patrie. Voilà pourquoi, ici, dans la nature, je n'ai pas à me cacher, parce qu'elle ne me condamne pas, elle sait que je n'ai fait que ce que ma position exigeait de moi, c'est-à-dire ce qu'il y avait de naturel.

Un silence se fit, ou plutôt deux, car il fut interrompu par le mugissement d'une vache dans le champ d'à côté. Le docteur Denis était l'une des rares personnes à n'avoir jamais posé de questions sur son passé, sûrement parce qu'il le pressentait louche, comme celui de presque tous les Allemands qui travaillaient pour cette entreprise non moins louche qui venait de se déclarer en faillite après que le gouvernement national lui avait retiré ses contrats à cause de la crise économique. Il lui était surtout reconnaissant de ne pas lui poser la question à un million, ou plutôt à plusieurs millions, qu'avait justement lancée quelques jours plus tôt ce sans-gêne de Heinz Lühr, sans que Klement n'ait très bien compris où avait servi cet homme, qui semblait en tout cas avoir fréquenté les hautes sphères du Parti. Avec sa voix éteinte et ses manières mielleuses, ce Lühr l'avait courtisé des mois durant pour trouver le bon moment de poser cette question qui le taraudait visiblement depuis le début, et pour couronner le tout en s'adressant à lui – Klement n'avait d'ailleurs pas saisi si c'était pour le flatter ou se moquer – par le plus haut grade de la SS, celui-là même qu'on lui avait promis vers la fin de la guerre sans que cela se concrétise jamais :

– *Herr Standartenführer*, je peux vous demander combien de Juifs au total avons-nous *endgelöst* ?

Klement avait déjà commis l'erreur de citer des statistiques trop précises devant ses collègues Wilhelm Höttl et Dieter Wisliceny. Le premier étant un compatriote autrichien, camarade de mille batailles bureaucratiques ; le second, un ancien chef devenu son plus proche subordonné, presque son protégé. Or, tous deux étaient allé répéter ces chiffres devant les juges de

Nuremberg : ces « cinq ou six millions » qui étaient désormais sur toutes les lèvres, et à cause desquels sa tête était mise à prix. Klement n'avait pas oublié que, sur la première liste de criminels de guerre qu'il avait lue dans la presse étrangère, son nom occupait une modeste septième place, mais depuis les procès et la mort de ses supérieurs, il devait sans doute être remonté en première position, précisément à cause de ces millions de corps à son avantage. La meute est lâchée sur le dernier chien, comme on disait, et en ce qui le concernait, même le fait d'être resté en vie et libre avait tourné à la malchance.

Cette fois-là non plus il ne se priva pas de répondre à la question de Heinz Lühr, mais en réduisant les chiffres à un demi-million, au cas où cela revienne aux oreilles de quelque magistrat et que l'on finisse par faire une moyenne entre les deux. Face à la mine surprise et déçue de Lühr, qui ne voulait entendre que ce nombre connu de tous, Klement eut l'idée d'en expliquer l'écart avec l'argument qu'il ne cesserait plus tard de répéter dès qu'on le questionnerait : les millions qu'il avait mentionnés devant ces traîtres englobaient tous les ennemis du Reich concernés par les étapes successives de la solution finale : émigration forcée, déportation dans les camps et élimination physique des inaptes au travail. Comme dans la fameuse définition de ce qui constitue le génie, la partie qui éveillait le plus d'intérêt était en fait la plus minime.

Mais le docteur Denis n'aurait jamais osé lui poser une telle question, bien qu'ils aient déjà abordé le sujet ensemble plusieurs fois en discutant des articles de la revue *Der Weg*, en particulier celui, très commenté, sur « le mensonge des six millions », qui expliquait avec une clarté lumineuse que le pouvoir subtil exercé par l'or juif était comparable à celui de l'industrie du tabac, qui faisait de l'humanité démunie l'esclave presque volontaire d'un vice diabolique. Le docteur devait à cette discrétion l'amitié de

Klement, lequel était venu lui dire au revoir et, au passage, proclamer son innocence et effacer toute hostilité possible envers son passé trouble.

– Dommage que vous deviez partir, reprit le docteur Denis, parlant à nouveau à la place de son interlocuteur, qui réfléchissait encore à une remarque à la hauteur du tragique de la situation.

Dès le début, ce qui les avait rapprochés, hormis la langue, était que l'Argentin avait développé, durant ses années d'études en Europe, le goût de la construction. S'il exerçait en tant que médecin, Denis investissait la majeure partie de son temps à faire bâtir, sur un vaste terrain qu'il avait acheté à l'entrée du village de La Cocha, une sorte de palais vénitien, avec une immense galerie d'arcs en plein cintre et un haut mirador. Klement, qui après avoir quitté l'école secondaire avait étudié la mécanique, là encore sans aller jusqu'au bout, ressentait lui aussi une forte inclination pour le bâti, ce dont ses supérieurs avaient bénéficié lorsque les circonstances s'étaient présentées. Pendant la guerre, il avait par exemple édifié un petit village constitué de baraquements dans une forêt de Brandebourg, afin de loger les employés des bureaux bombardés de la Gestapo, et plus tard, un bunker privé pour son chef Müller et sa famille, où ces derniers avaient survécu au bombardement de leur maison, puis, après la guerre, comme pour prouver qu'il pouvait mener à bien ses projets sans avoir besoin d'esclaves, il avait construit lui-même le poulailler pour ses pondeuses. Personne n'était donc plus compétent que Klement pour comprendre le docteur Denis et son projet d'installer, au milieu de nulle part, un bâtiment bien plus grand que le seul autre ayant droit à autant de grandiloquence, l'église du village, où ils s'étaient parfois croisés le dimanche avec leurs familles respectives. Avec tout autant de régularité, ils parcouraient le palais de Denis, parlant modifications, alternatives et financement, car cela faisait près de dix ans que le docteur n'arrivait pas à le terminer par manque de moyens. Jusqu'à ce qu'un jour, Klement lui pose une question déterminante, la première qui serait venue à l'esprit de quiconque peu féru de construction en soi.

– Que comptez-vous en faire ?

– Une maison de repos pour personnes atteintes de troubles mentaux.

Si Denis lui avait dit qu'il souhaitait transformer ce gros bloc en nouvelle île Huemul pour développer l'énergie nucléaire que ce charlatan de Ronald Richter avait promise à Perón, Klement n'aurait guère été plus surpris. Cet homme était médecin, et jusque-là, on comprenait qu'il songe à une institution dans son domaine, mais pourquoi donc spécialisée dans un type de maladie qui ne pouvait pas se soigner, sauf en l'éradiquant d'emblée par la stérilisation de ses potentiels propagateurs ?

Ils se disputèrent. Tandis que Klement exprimait sa stupéfaction d'avoir à expliquer à un docteur ce qu'il était censé savoir mieux que personne, c'est-à-dire que la nature écartait d'elle-même ses spécimens mal formés et qu'il n'y avait par conséquent rien de plus contradictoire avec l'ordre primitif que de gâcher des ressources à maintenir en vie des êtres biologiquement inaptes, Denis lui parlait de compassion et d'amour du prochain comme s'il portait une soutane sous sa blouse. La seule satisfaction que Klement tira de cet échange fut d'avoir la confirmation que, même s'il s'était plié à la demande de sa femme de l'accompagner à la messe, ce n'était pas pour autant qu'il avait laissé le curé de ce patelin lui ruiner sa *Weltanschauung*[1], comme c'était visiblement arrivé à ce pauvre bougre.

Il se séparèrent en mauvais termes, et lorsque Klement quitta le village, leur éloignement sembla définitif. Jusqu'à

1. Conception du monde.

ce que, quelques semaines plus tard, Vera lui raconte qu'elle avait entendu dire que Denis avait une sœur à moitié *loca*, en utilisant le mot espagnol accompagné du geste allemand pour le signifier. Bien qu'un drame personnel ne justifie en rien que l'on adopte des positions rétrogrades - lui aussi comptait des Juifs dans sa famille, du côté de sa belle-mère, mais il n'avait pas pour autant cédé à un sentimentalisme inutile -, Klement décida de pardonner la faiblesse du docteur et, prenant l'excuse des adieux, sauver leur amitié avant que les plus de mille kilomètres entre le village et Buenos Aires l'enterrent à jamais.

– C'est l'histoire de ma vie, finit-il par lancer, dans un long soupir allant de son travail de voyageur pour la compagnie pétrolière Vacuum Oil, qu'il aurait d'ailleurs voulu développer en implantant un réseau de stations-service, jusqu'à sa dernière mission dans les Alpes autrichiennes lorsque, en pleins préparatifs pour la résistance finale, on lui avait interdit de tirer sur les forces alliées occidentales et qu'il avait dû capituler avant même d'avoir essayé, en passant par ce jour où il avait reçu la mission de sauver dix mille *Volksdeutsche*, ou « Allemands par le peuple », en Roumanie, avant l'arrivée des Russes, et qu'il n'avait pu libérer que les quelques dizaines de convalescents d'un hôpital de campagne à la frontière avec la Hongrie.

– Dès que je commence quelque chose quelque part, je dois m'en aller. Tout ce que je fais reste toujours en plan.

C'était d'ailleurs certainement ce qui arriverait à Denis pour ce projet moins psychiatrique que psychotique dont il serait le premier résident, si toutefois il parvenait à le terminer. Ce qui renforçait d'autant plus le lien entre les deux hommes. Cependant il refusa de se laisser photographier (en couleurs) devant les travaux, malgré l'insistance du médecin, qui pensait que ce petit luxe rendrait sa proposition irrésistible, alors qu'elle ne faisait que confirmer les appréhensions de Klement, qui avait déjà commis plusieurs fois l'erreur vaniteuse de se laisser photographier sur son cheval blanc, ou vêtu d'un poncho. Ils faillirent à nouveau se disputer, car Denis croyait qu'il s'y refusait par coquetterie, jusqu'à ce que Klement, avouant sa frivolité, lui explique que ces appareils dérobaient les esprits, d'après ce que lui avait raconté son *baquiano*, son guide.

– Ah, mais si c'est une croyance, je la respecte.

– Ne le prenez pas personnellement.

Klement repensa au docteur Denis une semaine plus tard, la veille du départ, tandis qu'il triait ses papiers, en tombant sur la dernière version de ses mémoires, inachevées elles aussi. C'étaient les mêmes histoires que celles qu'il avait couchées sur papier, puis brûlées, à l'époque où il était éleveur de poules, mais cette fois, il avait choisi la forme romanesque, sans trop savoir pourquoi. Pour ne pas se répéter, peut-être, ou parce que désormais, plutôt qu'au monde, il s'adressait à ses fils. Il voulait leur expliquer, dans un format qui ne les ennuie pas, ce qu'avait fait leur père, et surtout ce qu'il *n'avait pas* fait, durant ces années où il ne les avait vus que rarement, comme un oncle. Et comme un oncle, un frère de lui-même, il s'était attribué un rôle, celui de revivre ses mésaventures, sans intention de les embellir et sans cette volonté de les enlaidir que le récit de ses ennemis avait exaltée.

À sa grande surprise, il constata que raconter la réalité comme s'il s'agissait d'une fiction le forçait à être beaucoup plus précis et responsable que lorsqu'il se laissait simplement porter par les souvenirs, ces îlots d'habitation plus ou moins sophistiquées qui flottaient dans le grand delta de l'oubli. De tout ce dont il restait mal informé, ou dont les nouvelles reçues demeuraient contradictoires, il devait parler avec assurance afin de ne pas mettre en péril la totalité de l'échafaudage fictionnel, de même que lui était interdit le luxe du flottement et du brouillard au sujet de ce qu'il savait trop bien. Ses mémoires étaient un passé parmi d'autres, alors que son roman était un monde en soi. Bien entendu, il pouvait raturer et réécrire, mais dès qu'il le faisait, la feuille se rétractait telle une peau, et le passé redevenait ce corps contracté, impénétrable.

Klement aurait voulu intituler son roman *Critique de la raison bureaucratique*, car en l'écrivant il avait compris que la fiction était comme la bureaucratie, un système fermé dans lequel il dupliquait ce qui était hors de sa portée, la *chose en soi* (bien que dans son cas sans nostalgie, contrairement à celle qu'avait ressentie son cher Emmanuel Kant), non pour l'asseoir définitivement en ce lieu inatteignable, mais pour l'éloigner de lui. Il avait aussi pensé à *Permis de débarquement*, en référence à celui qui lui avait ouvert les portes de ce pays, mais il s'était finalement décidé pour *Mémoires d'un baquiano*, après s'être aperçu que l'étymologie de ce mot n'avait rien à voir avec les vaches, *vacas*, mais avec les conquistadors espagnols restés sur le nouveau continent, qui servaient de guides aux nouveaux arrivants. C'était ce rôle-là qu'il voulait avoir auprès de ses enfants, eux qu'il trouvait passifs, intéressés par rien, perdus. Ses mémoires devaient leur faire office de guide, bien qu'en indiquant le chemin contraire à celui qu'avait suivi leur père. Le passé d'un autre comme leur propre futur à éviter, pour les tenir éloignés de la vie militaire et politique. Klement, le *baquiano*, se laissait lui-même guider par l'impératif catégorique de cette horloge sur pattes de Königsberg, convaincu que, si tous ses camarades l'imitaient, l'avenir serait catégoriquement plus pacifique que le passé.

Mais aujourd'hui, avec cet enfant issu de toutes ces soirées d'écriture, devenu une malle supplémentaire à transporter,

Klement se demanda si écrire sur soi-même à la troisième personne, et sous la forme d'un roman, ne méritait pas d'en faire enfermer l'auteur dans un asile de fous, comme celui que Denis construisait dans ce coin irrationnel du monde ; un fol asile de fous. N'était-il pas plus raisonnable de détruire à nouveau ce qu'il avait écrit ?

IV B 4

L'éleveur de lapins

– Chacabuco, c'est le nom d'une personne ou d'un lieu ?

– D'un lieu, mais aussi celui d'une célèbre bataille.

– *Ach so*[1], comme Waterloo.

– Ou Stalingrad. Même si c'est le nom d'un lieu *et* d'une personne.

L'argent que Pedro Geller avait gagné en si peu d'années lui donnait le droit de faire ce genre de remarques de mauvais goût, supposa Klement qui lui avait payé à l'époque son billet à bord du *Giovanna C* pour l'Argentine, puis avait dû lui demander de se porter garant, grâce à sa demeure située dans le meilleur quartier de la capitale, pour louer cette petite maison dans ce secteur périphérique et moins riant d'Olivos. Ils avaient commencé à travailler en même temps pour la CAPRI, mais tandis que Klement mesurait ses montagnes, l'ancien membre des SS Panzerkorps avait vite grimpé dans la hiérarchie de l'entreprise et étendu son influence auprès de l'entourage de Perón, si bien que trois ans plus tard, ils occupaient deux pôles quasiment antagoniques de l'échelle sociale. Les progrès économiques de cet ancien nazi équivalaient en quelque sorte à ceux de

1. Je vois, je vois.

l'Allemagne, où le *Wirtschaftswunder*, le miracle économique rendu possible grâce aux emprunts contractés auprès de l'ennemi, semblait également autoriser la population à se montrer irrespectueuse envers son passé, voire à le nier. Ce n'était pas tant que Klement ne se réjouissait pas des évolutions positives de sa patrie, mais le fait de ne pas y participer, ni par sa présence ni en termes idéologiques, lui laissait un goût amer, que le petit ton supérieur des apostats du genre de Geller rendait encore plus aigre.

Il jeta sa cigarette et regarda sa nouvelle voisine d'en face, une dame âgée qui balayait le trottoir avec une méticulosité inversement proportionnelle à la pérennité de sa tâche, puisque la rue était en terre battue et que les arbres ne cessaient de laisser tomber leurs feuilles à mesure qu'elle les rassemblait. Au moins, le vent était plus faible qu'aux abords du fleuve, où se trouvaient les grandes parcelles avec les maisons de taille plus importante, pour certaines d'authentiques palais, si bien qu'il semblait impensable qu'il s'agisse du même quartier. De ce côté-ci de l'*avenida* Maipú, les espaces vides l'emportaient sur les terrains bâtis, et ces derniers restaient assez modestes, mais au moins il y avait l'eau courante, une salle de bain avec des toilettes et l'électricité. La petite maison à la toiture d'ardoise à deux pans occupait le fond d'un terrain avec une autre habitation plus grande, chacune possédant son entrée indépendante depuis la rue. Le petit jardin de derrière était également privatif, idéal pour faire un potager, car tout devait bien pousser dans cette pampa humide.

La voisine leva les yeux et Klement détourna aussitôt les siens, se reprochant son indiscrétion. La curiosité n'était pas compatible avec l'anonymat.

Ils laissèrent Vera et les garçons ranger les affaires qui venaient d'être déménagées et montèrent dans la voiture de Geller, une

Maserati dont Klement fit l'éloge, tout en la considérant inférieure à la Mercedes mise à sa disposition quand il était haut fonctionnaire de la SS, moins pour se vanter que pour donner une bonne image du régime. Une fanfaronnade au service de la couronne, pour ainsi dire.

La destination de ce bref voyage était le restaurant Zur Eiche, situé sur l'*avenida* San Martín, dans le quartier limitrophe de Florida, de l'autre côté du boulevard circulaire séparant la province de la capitale. Ils trouvèrent une table devant les baies vitrées donnant sur le jardin, où trônait le chêne arrogant qui avait donné son nom à l'établissement, bien que le camarade Skorzeny dise en plaisantant qu'il avait été appelé ainsi en l'honneur de l'opération éponyme qu'il avait lui-même menée avec succès pour libérer Mussolini vers la fin de guerre. Klement aurait préféré s'installer sous l'arbre, sur le gravier dissimulant l'absence d'herbe, car le soleil brillait et la température était d'une dizaine d'agréables degrés ; mais c'était pour Buenos Aires la pleine saison hivernale et personne n'aurait eu l'idée d'installer des tables et des chaises dehors. Le lumineux jardin d'hiver, comme le sombre salon qui lui faisait face, était tapissé de boiseries, avec aux fenêtres des rideaux de dentelle et des nappes brodées sur des tables en bois massif, des tableaux alpins aux murs, d'immenses chopes de bière suspendues au-dessus du comptoir, d'où surveillait tout ce remue-ménage un homme corpulent avec des bretelles, exactement comme dans une *Wirtshaus*[1] bavaroise ; ce que ce lieu était en effet, à sa manière, incluant même la présence de touristes argentins. Un serveur de cette nationalité, mais qui les salua avec un convaincant *Grüß Gott !*[2],

1. Auberge.
2. Bonjour !

leur servit en guise d'apéritif de petits toasts de *Leberwurst*[1], avec des cornichons aigres-doux, avant de prendre leur commande : rôti de porc et choucroute pour Geller, *Gulasch mit Spätzle*[2] pour Klement, bière pression pour tous les deux. En attendant d'être servis, Geller évoqua les desserts, assurant à son invité que l'absence déplorable de *Kaiserschmarrn*[3] (c'était un restaurant allemand, pas autrichien) était compensée par l'*Apfelstrudel*[4], selon lui le meilleur du pays, sans pour autant préciser lequel.

– Les pommes d'Argentine sont excellentes, lui dit Klement.

– Je suis d'accord, ajouta Geller, et comme on venait de leur apporter leurs Warsteiner[5], il leva son verre. Pourvu que vous vous acclimatiez vite à votre nouveau quartier, *Prost !*

– À l'Allemagne, à l'Autriche et à l'Argentine, *Prost !* répondit Klement, levant son verre à mi-hauteur, en pensant que c'était une belle phrase à prononcer avant qu'on lui passe la corde au cou (son rêve le plus fréquent depuis qu'il ne portait plus l'uniforme).

Ils burent longuement, sachant que le premier à reposer sa bière sur le sous-bock en carton serait aussi le premier à devoir parler. Lorsqu'ils s'avouèrent vaincus, presque à l'unisson, Geller scella la trêve en lui tendant son étui à cigarettes, avec le briquet assorti, en argent.

– Pourquoi tant d'Allemands viennent vivre dans ce coin ? demanda celui qui avait choisi d'habiter ailleurs, simplement parce qu'il n'en avait pas les moyens.

---

1. Pâté de foie.
2. Goulasch aux *Spätzle* (pâtes traditionnelles).
3. Mets sucré à base de pâte à crêpes.
4. Strudel aux pommes.
5. Bière allemande.

– Nous n'aimons pas les villes, mais en même temps, nous ne pouvons pas nous passer d'elles, expliqua Klement de sa voix stridente, dont les éclats devenaient particulièrement désagréables à l'intérieur d'un espace vitré.

– D'Allemands et de Juifs, ajouta Geller, fixant du regard la famille nombreuse qui venait d'entrer et de s'installer à une grande table réservée à l'autre bout du jardin d'hiver.

Klement n'eut besoin que d'un regard rapide pour confirmer qu'il ne pouvait s'agir d'autre chose, tout en ayant du mal à justifier pourquoi. Cela se sentait ; le rejet était immédiat. Cela tenait peut-être au genre de manteaux qu'ils portaient, ou à l'odeur de vieille armoire qu'ils répandirent dans l'atmosphère en les enlevant, ajoutés sûrement à leur façon de tirer les chaises, en faisant trop de bruit, cette manière sans gêne qu'ils avaient généralement d'occuper l'espace sans demander l'autorisation. Il n'avait même pas fallu que les adultes se mettent à parler allemand avec leurs enfants, ni que ces derniers en fassent de même dans un mélange d'allemand et d'espagnol avec leurs parents, mais en espagnol entre eux, pour illustrer en un seul tableau synchronique la dégénérescence d'une langue et d'une culture.

– Des *Jeckes*, en effet, précisa Klement, faisant montre de ses connaissances en yiddish.

Il tira longuement sur sa cigarette et retint sa respiration, percevant l'envie qu'avait l'autre de lui demander s'il était bien né en Palestine, comme on le racontait, bien qu'au fond il voulût surtout savoir s'il était originaire de la colonie allemande de Sarona, ou bien d'une famille juive, comme le prétendaient les médisances des diffamateurs. Puis il souffla brusquement sa fumée par ses larges narines et ajouta :

– Je me rappelle encore cet avocat juif qui m'avait dit être fier de porter l'étoile jaune. Cet homme a forcé mon respect.

C'était un idéaliste. Je l'ai laissé émigrer. Idem quand l'inverse est arrivé.

Geller se hâta d'écraser sa cigarette contre la Frauenkirche[1] de Munich reproduite en couleur au fond d'un immense cendrier, tout cela pour avoir l'air occupé, en attendant qu'on lui explique ce qu'était le contraire d'un Juif fier de l'être. Un nazi repenti ?

– Un SS *Oberscharführer*[2] qui, en étudiant sa généalogie, a appris qu'il était juif, *Vollblutjude*[3], l'éclaira Klement. En général, je ne m'occupais pas des cas particuliers, mais j'ai demandé un entretien avec cet homme pour lui parler de son futur. J'étais content qu'il ne se montre pas affligé. Il a simplement dit : « Pas de chance, *Herr Sturmbannführer* ! Ce fut une belle époque, mais c'est comme ça, on n'y peut rien. » Quelque temps après, il est revenu me voir pour m'annoncer qu'il souhaiter aller en Suisse fonder un orchestre et travailler comme musicien. Il avait de l'argent, et même si cela n'avait pas été le cas, nous lui en aurions donné. Il a reçu un passeport et j'ai signalé son cas à la frontière pour qu'on le laisse passer. Mais là-bas, quelque chose a dû lui sembler suspect et il a essayé de traverser par un autre endroit que prévu. On l'a rappelé à l'ordre. Il ne s'est pas arrêté. On lui a tiré dessus. Il est mort.

Il fit une pause, trop courte pour honorer un soldat allemand, trop longue pour se souvenir d'un Juif.

– Plus tard, j'ai demandé une enquête sur l'incident et il a été prouvé que ce n'était pas la faute des gardes, qu'ils avaient fait leur devoir. Ces membres de la SS avec du sang

---

1. La cathédrale Notre-Dame.
2. Grade dans la Schutzstaffel (SS).
3. Juif pur-sang.

juif étaient et sont restés nos amis, ils ont été de notre côté pendant les batailles de jadis contre les rouges. Où la juiverie s'estompait au profit de la *Kameradschaft*[1], la plus aryenne des vertus.

Klement but une gorgée de bière, il engloutit un toast de *Leberwurst*, vida son verre, puis ajouta que, dans la capitale, à Belgrano et Villa Crespo, d'après ce qu'il avait compris, le taux d'usurpateurs était beaucoup plus élevé qu'ailleurs, ce à quoi Geller, mettant la main devant sa bouche pour ne pas postillonner son pain, rétorqua qu'un seul était déjà suffisant pour contaminer tout un quartier, partant sans doute du principe, avec un excès d'optimisme, que le sien resterait *judenrein*. Ils se demandaient pourquoi les Allemands et les Juifs se retrouvaient dans la même zone d'une ville lointaine, et si c'était là par fatalité ou par provocation, lorsque la nourriture leur fut servie et les fit changer de sujet pour celle-ci, instaurant de longues pauses de silence déglutif polluées par les cris indigestes de la tribu de Macchabée. Cela faisait longtemps que Klement ne s'était pas assis à une table garnie de mets d'une telle qualité, plus exactement depuis que Horst Carlos Fuldner et Rodolfo Freude, qui avaient organisé sa fuite d'Europe, l'avaient invité à fêter son débarquement avec la plus grosse pièce de viande grillée qu'on lui ait jamais servie, dans le coquet restaurant de l'hôtel Claridge, récemment inauguré au centre-ville. Ce jour-là aussi, cela faisait bien longtemps que Klement ne s'était pas retrouvé entouré d'un tel luxe ; plus précisément depuis son séjour à Budapest, où il s'était laissé choyer par les autorités locales tout en organisant la déportation des indésirables.

Dès qu'ils eurent commandé le dessert, Geller se décida à aborder le sujet qui avait clairement motivé cette invitation

1. Camaraderie.

à déjeuner, et ce bien avant de l'aider à emménager dans sa nouvelle maison, et même de lui proposer la sienne en gage.

– Comment ça va, la teinturerie ? lui demanda-t-il en soufflant sa fumée vers le plafond boisé, relativement ancien (vingt années argentines équivalaient à deux cents années allemandes), recouvert de lampes inutilement allumées, comme faisant étalage de la richesse la plus mal répartie et la plus mal gérée du pays.

Le projet de s'associer à deux autres Allemands, eux aussi anciens employés de l'agonisante CAPRI, avait surgi de la nécessité d'investir leurs économies avant que l'inflation les avale, et au passage, générer des revenus sans avoir à se soumettre de nouveau à une relation de dépendance. Le choix de ce secteur d'activité répondait, pour sa part, à l'observation qu'avaient faite les trois autres au sujet de l'élégance des Argentins, qui allaient jusqu'à éviter de s'asseoir pour ne pas froisser leur pantalon, ou à jeter une chemise avec une tache qui ne voulait pas partir. Ce n'était pas pour rien qu'il y avait ici des légions de cireurs de chaussures, postés à chaque coin de rue et qui faisaient le tour des cafés, ni que se répandait l'odeur de cet onguent avec lequel ils plaquaient leurs cheveux sur le crâne, comme pour les empêcher de se faire la malle en emportant leurs idées. Avec des gens aussi versés dans la superficialité et l'apparence, de la tête aux pieds, ils ne manqueraient jamais de travail, en avaient-ils déduit, et ils se consacraient à cela depuis qu'ils étaient revenus de Tucumán.

– *Gut*[1], répondit Klement, alors que la seule chose qu'il aimait dans son travail était de réparer les machines à laver. Le

1. Bien.

problème, c'est qu'ici, le secteur est tenu par les Japonais, et nous, on essaye de leur faire comprendre qu'on lutte dans le même camp, comme pendant la guerre.

– C'est justement de ça que je voulais vous parler.

Précipitamment, comme si le débiteur avait été Klement et qu'il lui ait resté peu de temps pour s'expliquer, Geller lui raconta que le frère d'Evita avait été retrouvé suicidé chez lui après que Perón avait menacé de jeter tous les corrompus en prison, même s'il s'agissait de son propre père.

– Problématique, cette menace, plaisanta Geller, étant donné que le père du général est mort depuis des lustres.

– Il n'a pas été embaumé, comme son épouse ? demanda Klement en tripotant son *Bierdeckel*[1].

– Vous l'avez vue ? Si vous voulez, je peux vous faire entrer dans le bâtiment de la CGT pour y jeter un œil.

Klement refusa sa proposition avec une expression horrifiée, non seulement parce qu'il avait vu suffisamment de cadavres dans sa vie, mais aussi parce qu'il craignait d'avance la taille de ce service qu'on allait visiblement lui demander si on lui promettait déjà ce genre de salaire en guise de récompense. Comme tout homme ayant exercé le pouvoir à un poste élevé, il savait par expérience qu'à un certain niveau, les missions délicates n'étaient pas rémunérées avec des billets mais avec ce genre d'avantages exclusifs, qui n'auraient pas coûté grand-chose si l'argent avait pu les acheter. À son époque de tsar des Juifs, comme il aimait se faire appeler, il s'était lassé de recevoir des pots-de-vin, ou en tout cas de les récupérer pour les caisses du Reich, car il ne ressentait personnellement aucun intérêt pour l'argent. Seuls pouvaient le rendre bienveillant une bonne histoire, un grand geste, voire un silence

1. Sous-bock.

approprié, quelque chose derrière quoi on devinait le brio pérenne d'un cœur idéaliste.

– Franchement, c'est impressionnant, insista Geller. Elle a l'air plus vivante que quand elle l'était.

– Comme ce chanteur qui chante mieux depuis qu'il est mort ? Comment s'appelle-t-il déjà ?

– Carlos Gardel. Vous aimez le tango ?

Klement fit de nouveau non de la tête, pensant que ce qu'il aurait préféré obtenir pour cette commande difficilement refusable aurait été deux places pour l'orchestre au théâtre Colón, ainsi que les tenues de gala indispensables pour entrer dans cette Mecque de la musique classique.

– Comme je vous le disais, poursuivit Geller, le frère d'Evita a été retrouvé mort, et l'opposition pense qu'il « a été suicidé » par Raúl Apold, le sous-secrétaire à la Presse de Perón, plus connu comme « le nazi ».

– C'est une insulte ?

– Il semblerait. En tout cas, c'est vraiment le Goebbels de Perón.

– Eh bien, c'est le contraire de ce qui nous est arrivé, dit Klement en changeant de sujet, si tant est que revenir à ce qui était son obsession, sa raison de vivre, pût être considéré comme un mouvement digressif. À ne pas avoir voulu partir tant qu'il était encore temps, ils nous ont obligés à faire ce qu'en réalité ils ont bien cherché. C'était un suicide, mais cela a fini par ressembler à un assassinat.

– *Genau*[1], dit Geller, l'air de ne pas avoir compris la digression historique, trop concentré qu'il était sur l'actualité. Toute la question, c'est justement que cette hypothèse, celle de l'assassinat, ne s'ébruite pas.

1. Tout à fait.

– Vous pouvez compter sur mon absolue discrétion.

– Ce n'est pas vous le problème, mon cher Ricardo, mais le majordome du frère d'Evita. C'est lui qui l'a retrouvé mort ce matin en lui apportant son petit déjeuner. Il s'appelle Inajuro Tashiro, japonais, évidemment.

Si tous les Japonais résidant en Argentine avaient été majordomes plutôt que teinturiers, l'affaire des trois Allemands aurait connu moins de méandres, philosopha intérieurement Klement. Puis il comprit pourquoi son nouveau secteur d'activité faisait de lui l'espion parfait pour savoir ce qui se disait au sein de la communauté nipponne, et il se hâta une nouvelle fois de décliner cet honneur.

– Je n'ai rien entendu à ce sujet. Ne vous inquiétez pas.

– Il faudrait enquêter un peu.

– Je ne travaille plus pour le renseignement, Geller, lui expliqua Klement, évaluant et écartant aussitôt la possibilité d'ajouter qu'il n'avait jamais désiré faire ce sale boulot non plus, et que tout cela était dû à un incroyable malentendu lorsqu'il avait postulé pour le service de renseignement de la SS, en croyant qu'il s'agissait du corps d'élite chargé de la sécurité personnelle de Himmler : son rêve était de devenir l'un de ces hommes élégants et terrifiants qu'il avait vus debout sur le marchepied de sa voiture officielle sur les photos des magazines illustrés, à savoir tout le contraire de l'obscure et ennuyeuse salle d'archives où il avait atterri. Je suis teinturier, maintenant.

Mieux vaut le dire ouvertement, pensa Klement. Bien qu'il se sente nostalgique de l'époque où son labeur quotidien avait un sens qui le transcendait et le rachetait, et dans lequel son petit présent personnel forgeait l'avenir du monde, ces combats étaient derrière lui, et ce n'était en tout cas pas la bonne manière d'y revenir. Ses débuts avaient eu beau être confus, il avait finalement su se frayer un chemin presque jusqu'au rang de *Standartenführer* ; il n'était pas un vulgaire sous-officier que l'on pouvait envoyer comme taupe espionner une communauté insignifiante dans un pays sorti de nulle part. De plus, pour se sentir attiré par le péronisme, il aurait eu besoin de quelque grand récit épique, comme celui des gouvernements argentins du siècle passé, qui avaient étendu avec succès leur territoire jusqu'aux Andes en les purifiant de ses Indiens. Il préférait rester Monsieur Tout-le-monde plutôt que de prendre part à l'échec d'un régime en décadence auprès duquel il se fichait trop d'obtenir une quelconque victoire.

– J'irai tendre un peu l'oreille, promit-il sans trop se mouiller, voyant l'autre demander l'addition et craignant qu'il le laisse régler.

Avant l'arrivée de la « douloureuse » (l'une de ces expressions qu'il emporterait dans son pays s'il pouvait y retourner un jour), un homme vint à leur table et salua Geller avec effusion, il avait plus ou moins l'âge de Klement, mais avec tous ses cheveux, une moustache bien noire et fournie, un port d'athlète, une peau bronzée et habillé comme si, d'un moment à l'autre, il se tenait prêt à assumer n'importe quelle fonction publique. Il était accompagné d'une petite fille d'environ six ou sept ans, très blonde, aux yeux intelligents, qui aurait certainement dû rester assise à table avec sa mère, mais que la curiosité avait poussée à suivre son père.

– Je vous présente Wim Sassen, journaliste pour *Der Weg* et éditeur chez Dürer Verlag. C'est lui qui écrit les livres de Hans-Ulrich Rudel.

– C'est un secret ! se plaignit vaniteusement le dandy.

– Il n'y a pas de secrets entre nous, dit Geller, et devant l'inquiétude de celui qui avait le plus de raisons d'être entré en clandestinité, il ajouta : Wim est SS *Unterscharführer*, il a travaillé pour nous comme correspondant de guerre, il a dû fuir par cargo depuis la Hollande.

– L'Irlande, corrigea le fugitif.

– Mais c'est bien en Hollande que tu as été jugé, n'est-ce pas ?

– C'est cela, confirma-t-il. Condamné à vingt ans de prison *in absentia*, et me voici... *in praesentia* !

Un silence se fit, interrompu par la petite, qui voulut savoir ce que signifiait *absentia*. Son père le lui expliqua, puis lui donna l'ordre de partir, la menaçant de la priver de déjeuner si elle ne s'exécutait pas. Il profita ensuite du départ précipité des Juifs, qui n'avaient apparemment plus de place pour le dessert, et s'installa sur un siège sans qu'on l'y ait invité, puis il se mit à parler de sa revue, tirée à vingt-cinq mille exemplaires, pour la moitié distribuée en Allemagne, malgré son interdiction, et le reste aux quatre coins du monde, y compris en Afrique du Sud et au Tibet. Les meilleures plumes de « leur bord » y apportaient des articles signés de leur nom ou sous pseudonyme (« *in absentia* » !), d'ailleurs, actuellement, il négociait avec Ezra Pound et les héritiers de Knut Hamsun pour qu'ils rejoignent la cause. Qui ne se limitait pas au papier imprimé, précisa-t-il en allumant une cigarette, car il fallait la considérer comme un refuge culturel et politique en soi, afin de contourner la tempête démocratique jusqu'à ce que vienne l'heure du retour, presque comme un gouvernement en exil. De fait, l'année précédente, ils avaient réalisé une enquête auprès des lecteurs en leur demandant s'ils croyaient vraiment que l'une des deux Allemagnes étaient la successeuse du Reich, et s'il n'aurait pas été préférable de déléguer ce rôle à ses véritables héritiers en exil, comme l'avaient fait les Croates avec leur leader Ante Pavelić, également réfugié en Argentine.

– Je me rappelle un article de vous dans lequel vous nous compariez à Ulysse, dit Klement lorsque l'autre eut enfin coupé les vannes de son monologue. Ithaque serait l'Allemagne, où les prétendants dilapident nos biens, abusent de nos domestiques et corrompent nos fidèles serviteurs. Mais pas tous, car nous aussi, nous avons nos fils prodigues, nos Télémaque. Nous nous heurtons encore au mur froid de notre propre demeure, en regardant les envahisseurs, Agelaos Adenauer et sa clique, jouir de ce qui nous appartient selon le droit naturel. Mais de notre côté, nous avons Philoctète, le fidèle paysan, et Eumée, le porcher. Tôt ou tard, nous entrerons dans la salle, nous renverrons les prétendants et embrasserons notre Pénélope.

Sassen acquiesça en silence, visiblement ému par ses propres métaphores, et par le fait de les entendre de la bouche d'un de ses héros. Cela se voyait qu'il attendait cette rencontre depuis longtemps (Geller l'avait-il orchestrée ?) et qu'il avait des projets éditoriaux qu'il s'empêchait de déballer sur-le-champ au prix d'un gros effort. La perspective de revenir par la grande porte avec un livre signé de sa main emballait Klement. À petit feu, il commençait à fatiguer de vivre entre deux mondes, comme un voyageur anonyme dans un sous-marin.

– Bon, je dois y aller, dit-il en se relevant, la main tendue vers eux. Ce fut un immense plaisir de vous rencontrer.

☆☆

– *Vater*[1], comment on reconnaît une Juive ?

Ils étaient assis sur les rochers, au bord du Río de la Plata, pieds et torse nus. Dans leur dos, les ombres des grues du port d'Olivos, installées là pour décharger le sable des embarcations, pointaient en direction de la jetée pleine de pêcheurs, un véritable banc de cannes à pêche agglutinées autour de trois arbres réunis en une

1. Père.

seule cime commune. Du côté du delta du Tigre se trouvait la fameuse *Judenwiese*, où les Juifs avaient leur club de loisirs, et vers le sud, se découpait la silhouette de la ville de Buenos Aires, avec les grues de son propre port. Dans l'eau placide et marron, comme celle d'une tourbière, enfants et adultes barbotaient, pour certains se baignant dans le fleuve, bien que seulement jusqu'à la taille, tant le fond était plat, comme si la pampa s'étendait jusque-là. Plus loin, voguaient des voiliers, un autre des passe-temps favoris de Klement, mais pour pratiquer, il lui aurait fallu devenir membre du club nautique Teutonia, une dépense qu'il ne pouvait se permettre. À l'horizon, là où l'eau devenait salée et changeait de nom, un bateau gris, peut-être de guerre, flottait paisiblement, immobile. C'était l'un de ces après-midi d'été, très chauds mais avec de la brise, durant lesquels Klement était presque heureux de s'être vu obligé d'abandonner son pays, du moins pour un temps.

– Dans quel sens, *mein Sohn* ?

Avant de répondre, Klement voulait s'assurer que ce n'était pas une question piège, de celles qui s'achèvent par un calembour, même si la timidité avec laquelle Klaus l'avait posée, après l'avoir ruminée longuement en silence, une fois que Vera et ses frères étaient allés se baigner dans le fleuve, témoignait d'une authentique curiosité. À dix-huit ans, lui non plus ne savait pas ce qu'était un Juif, il venait tout juste d'apprendre l'histoire et les coutumes de cette race étrange à mesure qu'il travaillait à leur caractérisation à des fins répressives. Ensuite, il avait approfondi le sujet, au point qu'à ce jour il n'aurait su dire ce qu'il maîtrisait plus, et bien qu'à première vue il puisse sembler contradictoire que toute cette érudition ait servi à liquider son objet, ce qui était sûr, c'était que nul ne connaît mieux une chose que celui qui l'a étudiée dans le but de la terrasser.

– Dans le sens de... je ne sais pas, balbutia Klaus. Elle s'appelle Silvia. Silvia Hermann.

Klement avait entendu trop de noms de famille juifs dans sa vie pour en écarter aucun, pas même un qui semblait aussi parfaitement allemand que celui-ci. Les lois de Nuremberg avaient considérablement augmenté la quantité de Juifs possible, en incluant les *Mischlinge* ayant au moins un grand-parent souffrant de cette impureté, tout en rendant beaucoup plus difficile leur identification, puisque le mal pouvait désormais se cacher derrière presque n'importe quel patronyme et trait physique. Klement n'avait jamais fini de mémoriser cette carte raciale et toutes ses règles déterminant qui pouvait être lié à qui, et au moindre doute, il retournait la consulter pour faire des calculs. Quoi qu'il en soit, il comprenait qu'il était préférable d'augmenter le nombre de suspects, pour le faire correspondre à la population totale du pays, plutôt que d'en laisser filer un, par commodité ou par négligence. L'extermination devait être comme celles racontées dans la Torah, ou tout cela n'aurait servi à rien, car il suffisait de deux survivants pour reconstituer la race. De ce point de vue, ces lois n'avaient fait que désarticuler la stratégie des *Assimilierte*, qui cherchaient à nettoyer leur sang en se servant justement des Allemands comme d'un savon.

– Et qu'est-ce qui te fait croire que ta petite amie puisse appartenir au peuple élu ?

– Qui a dit que c'était ma petite amie ?

Klement eut un sourire narquois. Lui aussi avait demandé la permission à son père pour tomber amoureux, le moment venu. Cette période de sa vie lui manquait beaucoup, et son père aussi. Il ne pouvait même pas lui écrire pour lui parler météo, de peur que ses lettres soient interceptées et que l'on retrouve sa piste. Cela ferait bientôt dix ans qu'ils ne s'étaient pas vus ni parlé, une trop longue période pour qui est déjà grand, sans doute autant que lorsqu'on est encore jeune. Peut-être devait-il commencer à songer sérieusement à risquer de reprendre contact. Avec tous les problèmes des Israéliens avec les Arabes, en plus de ce qui se passait à Cuba et la guerre froide en général, plus personne ne devait vraiment s'intéresser à retrouver un simple bureaucrate qui avait eu la malchance de travailler pour un employeur tombé en disgrâce.

– C'est celle avec qui tu es allé danser en boîte de nuit hier, pas vrai ? Ce drôle de bâtiment que tu m'as montré, comment est-ce qu'il s'appelle déjà ?

– Le Fantasio.

– Et son père, il en pense quoi ?

– Son père était à Dachau.

La référence au KZ agglutina tous ces corps dévêtus au bord du fleuve pour former une pile inerte de squelettes complètement nus dans une fosse commune. Klement ôta ses lunettes aux montures épaisses, il se passa la main sur le visage, en s'arrêtant sur son œil gauche, qui s'était mis à trembler, puis les reposa sur son nez. Étonnante, cette réminiscence hors contexte : il n'était jamais allé à Dachau.

– Et toi, tu le sors d'où, ce nom ? Je ne me rappelle pas t'avoir emmené en balade autour de Munich.

– C'est le père de Silvia qui m'en a parlé.

– Tu as déjà rencontré son père mais ce n'est pas ta petite amie...

– Il a dit qu'on tuait des gens dans les camps de concentration.

Klement inspira l'air que tout un chacun aurait imaginé marin, vu l'étendue de l'eau, mais qui s'avérait sucré, pas à cause du fleuve, naturellement, mais des vendeurs ambulants de pommes rôties et de cacahuètes grillées, alignés sur la promenade, et Klement se dit alors qu'il serait sans doute une bonne idée d'y vendre du jus de fruits frais aux lassés du maté. Puis il reprit :

– À Dachau, on ne tuait personne. Certains mouraient, évidemment, comme on meurt partout. Mais pas lui, à ce que je vois. Il devrait s'estimer heureux, au lieu de répandre des calomnies sur un peuple qui l'a accueilli plus longtemps que ce qu'il méritait.

Sa voix déjà criarde avait augmenté en décibels jusqu'à atteindre un niveau tel que, s'ils n'avaient pas été à l'extérieur, elle aurait pu faire éclater des tympans. Cela rendait Klement hystérique que son fils cède ainsi à l'influence de l'historiographie revancharde, celle-là même qui lui avait coûté l'exil et laissait planer une menace continue au-dessus de sa tête. Le pire n'avait pas été de perdre la guerre (vers la fin, ils le souhaitaient tous) mais de se retrouver soumis dans cette paix posthume, semblable à celle de l'inhumain traité de Versailles, graine de la conflagration future. Par deux fois, l'Allemagne s'était levée, et par deux fois, elle avait chu, mais ceux qui n'en tiraient pas les leçons, c'étaient ses ennemis. Ils s'entêtaient à l'humilier, à bafouer sa dignité raciale. Mais attention : la troisième fois pourrait bien être la bonne.

Klement regrettait de ne pas avoir expliqué plus tôt à Klaus tout ce qu'il devait savoir pour ne pas se laisser embobiner par les vainqueurs ou, pire, par les bénéficiaires indirects d'un combat qu'ils n'avaient même pas eu le cran de livrer. Qu'un Russe lui parle des KZ, *bueno*, après tout il les avait conquis au fil de l'épée, mais un Juif ? Un Juif devait se contenter d'y avoir survécu pour les raconter, sans les raconter. C'était la peur d'une gaffe de la part de son fils qui l'avait obligé à lui en dire le moins possible : que son père avait été dans l'armée, qu'il avait participé à la résolution du problème principal en Allemagne et en Europe, mais qu'il n'avait hélas pas eu le temps de l'éradiquer complètement. En révéler davantage aurait pu devenir dangereux y compris pour Klaus, si d'aventure il était interrogé, ce qui était déjà arrivé à Vera. Cependant, Klement craignait désormais que ce peu d'information avec laquelle il avait essayé de satisfaire la curiosité naturelle de son fils (et son non moins naturel orgueil de père) aille déjà trop loin, et il voulut savoir à quel point.

– Comment c'est venu, le sujet Dachau, avec le père de ta non-petite amie ?

– Je ne sais pas, recommença à bredouiller le garçon. On prenait le thé et ils m'ont posé des questions sur ma famille...

– Tu ne leur as pas parlé de moi ?

– Non, si, enfin... je leur ai parlé de mon père... J'ai mal fait ?

Klement poussa un soupir aussi dépité que soulagé.

Deux ans après la fin de la guerre, son épouse avait tenté de le déclarer mort afin de toucher la pension de veuvage, et au passage, faire cesser les recherches sur l'auteur de « crimes contre l'Humanité », ainsi qu'il apparaissait dans les brèves de journaux que Vera avait apportées d'Europe et qu'elle lui avait montrées avec horreur, comme si ces torchons philosémites, avec leur fâcheuse tendance aux formulations tellement hyperboliques qu'elles pouvaient être qualifiées de *kitsch*, valaient plus que la parole de son mari. Sa demande d'avis de décès lui avait été refusée, après qu'un petit malin de chasseurs de nazis du nom de Wiesenthal avait découvert que les témoins avancés par Vera étaient l'une de ses sœurs et l'époux de son autre sœur. Bien que cela ait empêché Klement de rester en Allemagne en tant que mort-vivant, l'échec du stratagème ne l'avait pas dérangé, au contraire.

Un an plus tôt, une cellule européenne de la SS israélienne, comme il appelait la Haganah qui protégeait les Juifs en Palestine, et qui agissait désormais en Europe comme force vengeresse déguisée en police britannique, avait suivi sa femme et sa sœur alors qu'elles rendaient visite à des amis de la famille qui habitaient dans une petite maison isolée. Croyant qu'il s'agissait de la cachette de Klement, il l'avait prise d'assaut dans l'idée d'exécuter son occupant, ce qu'ils firent, bien que l'homme en question leur ait expliqué l'erreur, car il se trouvait justement être un ancien membre d'un *Einsatzgruppe*, ou groupe d'intervention. Une fois encore, Klement avait reçu la nouvelle de son exécution *in absentia* avec une intime satisfaction.

La raison de cette désinvolture était simple : bien qu'il faille qu'on le croie mort, il voulait rester vivant, physiquement et conceptuellement. Sur la base de quel critère aurait-il donc pu en vouloir à son fils ? N'était-ce pas un acte d'amour filial d'avoir désobéi à l'ordre qui lui avait été donné d'oublier l'existence de son père, malgré le péril que cette indiscrétion risquait d'impliquer pour la sécurité de toute la famille ?

– Bien sûr que tu as mal fait, lui répondit-il cependant, faisant passer ses objectifs pédagogiques avant sa vanité, mais pour ensuite ajouter, espiègle : Ce n'est pas comme ça que tu arriveras à ce que ton beau-père voie d'un bon œil que tu fréquentes sa fille.

Klaus tourna la tête vers lui, bien obligé de froncer les sourcils à cause du soleil, et il gratifia son père d'un innocent sourire reconnaissant. Le pauvre garçon ne sait rien de la *Rassenschande*, la honte raciale à laquelle il s'expose s'il se marie avec une Juive, pensa son père. Mais il n'imaginait pas non plus le service qu'il rendrait au monde si leur relation prospérait et finissait par générer des enfants à moitié juifs qui, à leur tour bien mariés, donneraient naissance à des petits-enfants un quart juifs, et ainsi de suite jusqu'à ce qu'il ne reste plus aucune trace de leur origine. L'extermination physique ayant échoué, la dissolution génétique semblait la seule option viable, même si elle requérait l'exposition de sa propre race à une contamination transitoire. Lui aussi avait dû pactiser avec l'ennemi pour accélérer son extinction de la surface de la terre.

Pourtant, il n'y avait aucune innocence dans le sourire de Klaus, mais du cynisme : le père de Silvia ne pouvait le voir ni d'un bon ni d'un mauvais œil, expliqua-t-il, parce qu'il était aveugle. Pas de naissance, apparemment, mais à la suite des tortures infligées alors qu'il était prisonnier à Dachau. Klement comprit qu'il devait s'agir d'un prisonnier politique, car les Juifs n'étaient pas torturés, au contraire, ils étaient plutôt bien traités, avec de quoi manger et un endroit où dormir, surtout si l'on songeait aux privations subies par le peuple allemand pendant la guerre.

– Un Juif bolchévique, dit-il en secouant la tête et en pensant aux conclusions qu'auraient tirées ce professeur de Strasbourg qui leur avait demandé des crânes de Juifs bolchéviques pour les étudier, ce à quoi il avait consenti, juste après qu'on les avait débarrassés de leur costume de chair.

Klaus répondit que l'homme ne semblait pas avoir une quelconque affiliation politique, puis il se remit à insister sur le fait que Silvia n'était pas sa petite amie, ni rien qui s'en approche, bien qu'en admettant que ce ne soit pas son choix à lui mais celui de la jeune fille, qui avait apparemment été horrifiée par certaines choses qu'elle lui avait entendu dire sur les Juifs. Klement voulut savoir quoi exactement, mais Klaus ne s'en souvenait pas, des choses sans importance, lui répondit-il en haussant les épaules. Rien, en tout cas, qu'il n'ait déjà entendu mille fois à table, en famille.

Inutile de continuer à enquêter, conclut Klement. Le mal était fait, puisque Klaus utilisait son vrai patronyme. Si ce Hermann ne l'avait pas déjà reconnu, tôt ou tard, il le verrait imprimé dans l'un de ces journaux moscovites qu'il devait certainement lire (ou plutôt qu'on lui lisait) et il tirerait ses propres conclusions sur ce soi-disant oncle qu'était venue retrouver la mère du prétendant de sa fille. Si en plus de cela, il savait à qui faire part de sa découverte, ce dont il ne fallait pas douter avec un invétéré Juif communiste qui avait réussi à sortir de Dachau, le temps de Klement était compté.

Une fois encore, cette perspective, au lieu de l'angoisser, le soulagea en quelque sorte.

Après presque dix ans passés à marcher dans la forêt en craignant de se faire piquer par une vipère, cela avait fini par arriver, et de la manière la moins métaphorique qui soit, s'agissant d'un être doublement vipérin. Il devait désormais chercher l'antidote adéquat.

Il pensa soudain à une stratégie risquée : se servir de la vipère elle-même comme antidote. Qui croirait un homme aveugle qui prétendrait avoir vu ? Son témoignage ne servirait qu'à invalider la piste latino-américaine et l'on continuerait de le croire perdu au Moyen-Orient, protégé par le Grand Mufti de Jérusalem.

– *Hay que tener paciencia*, il faut être patient, répéta-t-il, sa phrase préférée en espagnol, puis revenant à l'allemand, il ajouta : Il n'y a aucune chance qu'une Juive ne finisse pas par tomber amoureuse d'un Aryen qui la courtise. Tu l'as déjà invitée au cinéma ? Emmène-la au York, ils passent trois films pour le prix d'un. Et là, dans le noir...

Ce que Klement avait du mal à comprendre, c'était pourquoi Klaus avait renoncé à aller se baigner avec ses frères pour rester là et lui demander quelque chose qu'il savait déjà ; Klaus lui répondit qu'en réalité il n'en était pas tout à fait sûr, car la mère de la jeune fille n'était pas juive, et elle-même n'avait pas été élevée comme telle, quoi que cela puisse signifier.

– Elle n'a pas non plus un grand nez, ajouta-t-il, par contre des petits yeux, si, comme bridés, et le front un peu plus large que la normale.

Klement se rappela une discussion théorique qu'il avait eue avec l'un des représentants de la communauté juive de Vienne,

Berthold Storfer, avec lequel il avait travaillé et qu'il appréciait particulièrement, mais que la malchance (un jour où il était absent, son remplaçant avait agi sans le consulter) avait fait terminer à Auschwitz. Ce spécialiste du judaïsme lui avait ouvert les yeux sur un paradoxe intéressant : alors que les nazis considéraient comme Juif quiconque ayant au moins un grand-parent de cette race, les Juifs eux-mêmes ne prenaient en compte que l'ascendance maternelle (conscients que l'on ne peut connaître de manière irréfutable que l'identité de la mère d'un enfant, jamais celle du père), de sorte que c'étaient les nazis qui multipliaient de façon exponentielle le nombre d'ennemis avant de les obliger à émigrer. Klement lui avait expliqué que, s'il n'était ni le penseur ni même le rédacteur des Lois de Nuremberg, il supposait que l'objectif de ces dernières étaient de purifier la race aryenne en profondeur, puis le Juif s'était permis d'exprimer qu'en agissant ainsi ils péchaient de ce qu'en linguistique on appelait de l'hypercorrection, une erreur aussi grave qu'inutile qui, dans ce cas précis, les conduisait à persécuter leurs propres compatriotes. Pourquoi les Juifs distinguaient-ils donc seulement les hommes en leur tranchant le prépuce ? voulut savoir Klement. Et pourquoi les nazis ne considéraient-ils pas la circoncision comme unique critère d'appartenance à la race hébraïque ? rétorqua l'autre.

Le débat s'était clos sur ces entrefaites. Et désormais, en l'honneur de ce monsieur qui avait osé le contredire, l'attitude qu'il appréciait le plus chez ses collaborateurs (les gens trop serviles ne l'intéressaient pas), Klement apprit à son fils cette façon matriarcale qu'avaient les Juifs de se définir, même s'il semblait paradoxal de considérer cette fille aryenne en fonction des critères d'une race à laquelle elle n'était *pas* censée appartenir. De même que ce stratagème ne servait à rien si cette dernière prenait le mauvais parti quant à la question juive.

– Le demi-Juif d'aujourd'hui est le quart de Juif de demain et l'Allemand pur d'après-demain, dit-il pour clore le sujet, rappelant le slogan qui avait justifié que les Jeunesses hitlériennes acceptent les *Mischlinge*, pourvu bien sûr qu'ils ne soient ni circoncis ni religieux. Invite-la à la maison un de ces jours, que je la rencontre.

Quand Vera et les garçons revinrent de leur baignade, ils se mirent tous en route à pied pour le long trajet du retour, par un chemin différent des autres fois et en comptant les pâtés de maisons afin de pouvoir un jour en conclure lequel était le plus court.

La nuit, de nouveau harcelé par les images de ce lieu où il n'était jamais allé, Klement déboucha une bouteille de Resero. Il en but deux verres au cours du dîner, et le reste pendant la digestion, en fumant dans le jardin sous les étoiles, toujours les mêmes. L'alcool effaçait ses souvenirs ; des souvenirs forcés par son supérieur du bureau central du renseignement du Reich, qui l'avait envoyé inspecter *in situ* l'avancée du travail d'extermination, bien qu'il lui ait demandé de le dispenser de cette tâche. À cette malchance qu'il avait eue de tomber sur un chef sadique comme Heinrich « Gestapo » Müller, il devait désormais de garder au fond de son âme cette fosse pleine de cadavres qu'il avait vue à Minsk, de tellement près que c'était encore comme si son propre cerveau avait été éclaboussé par ces bouts de cervelle qui avaient souillé son manteau de fourrure lorsqu'un soldat avait achevé une moribonde et son bébé. La même malchance que celle qui l'avait suivie au-dessus de ce camion, à Chlumec, sur lequel on lui avait proposé de monter pour expérimenter de près comment la cargaison humaine perdait la vie sous le gaz du pot d'échappement tourné vers l'intérieur de la remorque. Cette saloperie de malchance, enfin, qui l'obligeait à sentir encore l'odeur des cadavres arrosés de combustible auxquels le commandant d'Auschwitz, Rudolf Höß, avait ordonné de mettre le feu sous ses yeux pour lui montrer la nouvelle méthode utilisée pour faire disparaître les preuves, après avoir constaté que la terre rendait les corps ensevelis comme un animal repu.

À ce moment-là, Klement combattait ces images par d'autres similaires, mais d'origine contraire. Il se rappelait, par exemple, ce soldat hongrois qu'il avait retrouvé un 24 décembre congelé dans une automobile laissée en travers d'une route et qui l'avait obligé à prendre un autre chemin parce qu'il n'osait pas le toucher. Ou encore ce couple d'Allemands meurtris par un bombardement qui l'avaient supplié de les achever d'un coup feu, et lui, avec ses vêtements trempés pour supporter la chaleur de la maison incendiée, qui avait ordonné à un sergent de le faire, lequel n'avait pas non plus eu le cœur à remplir cette miséricordieuse mission. Ou, plus généralement, l'odeur de chair brûlée flottant en permanence dans Berlin après chaque raid allié.

Mais cet antidote consistant à convoquer les horreurs provoquées par l'ennemi avait cessé de fonctionner. Si la boisson l'aidait d'abord à générer ce qu'il appelait de la schizophrénie volontaire, verre après verre, les effets se dissipaient au point de disparaître, lui rendant au quintuple ce qu'il avait oublié, exactement comme une tombe qui rejette son hôte. C'était comme s'il ne se souvenait plus que du fait même d'avoir cherché à oublier ce qu'il avait vu en ingérant de l'alcool, bien qu'à l'époque ce ne soit pas du vin rouge mais du « sang de Turc », comme on appelait alors le mélange de ce dernier avec du champagne. S'il avait su boire correctement, peut-être aurait-il trouvé un point d'équilibre, mais dans ses efforts pour l'atteindre, il l'avait déjà dépassé et il ne lui restait plus d'autre choix que celui de continuer tout droit jusqu'à l'inconscience.

S'il n'en arriva pas à cet extrême, ce fut grâce à sa stratégie de provision inversée, qui consistait à n'avoir jamais plus d'une bouteille de vin chez lui. Éviter de trop boire était pour Klement une responsabilité inhérente à l'art de bien boire, de même qu'un don Juan ne devait pas être découvert par sa femme. Pendant la guerre, non seulement jamais il ne se saoulait, mais il ne laissait pas non plus ses subordonnés le faire. Quand il dut mener la malheureuse opération finale dans les montagnes autrichiennes, ils passèrent la nuit dans un hôtel de Kremsmünster, et ses soldats trouvèrent un baril de vin. Afin d'éviter qu'ils le boivent et lui deviennent inutiles, Klement ordonna qu'on installe le baril au milieu de la rue. En quelques minutes, les villageois et les passants en avaient vidé jusqu'à la dernière goutte. Rester sobre avait été l'une des plus grosses difficultés pour Klement après la guerre, au début, par absence d'alcool dans les différents camps de prisonniers (bien que dans le premier il soit parvenu à troquer avec un soldat son stylographe et sa montre contre des œufs et quelques chopes de bière), plus tard parce qu'il ne pouvait se payer le luxe de se distraire ne serait-ce qu'une heure, avec ces chasseurs de nazis qui rôdaient. En arrivant en Argentine, il s'était permis de reprendre sa vieille habitude, sans perdre pour autant la précaution de limiter ses excès.

Malgré tout, il tituba jusqu'à la chambre matrimoniale et réveilla Vera dans l'intention de la pénétrer, mais il ne tarda pas à admettre que cela n'allait pas être possible ce soir-là, même en faisant appel à son imagination pour remplacer ce corps vieillissant et enrobé par ceux plus sveltes et courbés qu'il avait admirés sur la côte. Pour dissimuler cela, et au passage, dissiper l'image de ces mêmes corps qui recommençaient à pourrir dans la fosse de son esprit, ce fut lui qui s'agenouilla au pied du lit. Sa femme, qui connaissait le signal, courut sur la pointe des pieds jusqu'à la cuisine et en revint avec la plus grosse des carottes, qu'elle mettait toujours de côté après les courses et gardait dans un coin, pelée à l'avance. Elle la badigeonna de graisse animale qu'elle avait mise dans un petit pot de crème pour les mains (Klement rêvait, jeune homme, de devenir presseur d'huile automobile et le moindre baume dérivé de pétrole lui rappelait cet échec), ensuite elle la lui introduisit, forçant d'abord avec une main, puis deux, même après qu'il lui eut demandé d'arrêter dans des grognements de douleur, car aucun de ces mots ne correspondait à celui dont ils avaient convenu ensemble qu'il signifiait vraiment cela.

Signifiaient-ils donc le contraire ? Klement n'aurait su le dire. La douleur corporelle étouffait toutes les autres, le rachetant même de celles qu'il avait pu causer, et cela lui procurait une forme de plaisir, une satisfaction languide qu'il sentait entre ses jambes, sans pourtant qu'elle s'y manifeste. Était-ce donc de la honte ? Au retour des excursions macabres où l'envoyait Müller, Klement lui faisait toujours part de son inquiétude quant à la mauvaise influence qu'une extermination de ce type, lente et personnalisée, pouvait avoir à la longue sur les soldats chargés de la mener à bien. Tuer de la sorte va finir par nous transformer en un peuple de sadiques, disait-il à cet homme imperturbable qu'il croyait être son ami, car tous les jeudis, il l'invitait chez lui à jouer aux échecs. Heureusement, les chambres à gaz et les fours crématoires étaient arrivées, dont il avait personnellement discuté de la disposition avec Höß à Auschwitz. C'était sans doute la meilleure solution pour tout le monde. Et en effet, ce fut le cas. Même en ayant perdu la guerre, l'Allemagne avait gagné la prospérité économique qu'elle avait toujours désirée, cette fois sans que les Youpins récupèrent l'argent, lesquels avaient obtenu, outre une compensation financière, la scandaleuse *Wiedergutmachung*, leur Eretz Israel tant désirée. Tout le monde était content et il aurait dû se sentir coupable ? Qu'on lui dise de quoi, par pitié !

Il se débarrassa de sa cavalière d'un violent coup de pied (c'était, de fait, le mot que Klement utilisait le plus souvent pour mettre fin à son supplice de plaisir), puis s'aidant de ses propres mains, il déféqua le tubercule. Avant d'aller aux toilettes, il le rendit à Vera en l'embrassant doucement sur le front. L'amour que cette femme lui professait était du même bois que celui qu'il vouait à sa patrie, un amour qui, au fond, était une cause, car tout ce qui lui avait succédé n'en était qu'une nécessaire conséquence.

Il s'endormit en se disant que ç'avait été une belle journée, en fin de compte, mais ensuite il fit des rêves violents, persécutoires, dans lesquels il se voyait tuer sa femme et ses enfants pour qu'ils ne soient pas emmenés par les paramilitaires israéliens. Ces cauchemars le réveillèrent plusieurs fois, et ce fut un hasard si le dernier d'entre eux lui permit d'arriver à temps pour attraper l'autobus en direction de l'usine de robinetterie FV, dans la municipalité de Pilar. Après l'échec de la teinturerie (y compris la péripétie romanesque du majordome japonais), il avait recommencé à travailler sous les ordres de quelqu'un. Sa nouvelle tâche consistait à organiser l'envoi de marchandise par camions en divers lieux de la ville et du pays, prouvant qu'il existait des secteurs dans lesquels son expérience était appréciée, ce qui lui procurait de la satisfaction. En ce lundi, la bonne humeur régnait parmi les employés, car l'Allemagne venait de remporter la coupe du monde de football, après avoir vaincu la Hongrie au cours d'une finale mouvementée.

La Hongrie ! Ce qu'il avait pu aimer Budapest, une ville qui savait accueillir ses autorités. La bonne chère, les fêtes, les femmes. Klement se rappela même avec tendresse le chenapan qui volait les cerises de son jardin. Dans ce pays, il avait essayé de négocier la libération d'un million de Juifs en échange de dix mille camions, c'est-à-dire, un véhicule pour cent personnes. Une preuve de bonne volonté et d'esprit de coopération qui, une nouvelle fois, s'était heurtée à l'intransigeance et à l'ingratitude des Hébreux. En représailles, il avait battu des records de déportations, désormais également à pied, puisque les Alliés avait eu l'idée scélérate de bombarder les voies de chemin de fer.

Klement repensait à tout cela en remplissant ses formulaires, surtout pas à ces stupides compétitions sportives qui faisaient se sentir *über alles in der Welt*[1] les pusillanimes, comme son camarade Pedro Geller. Cette victoire sportive apportait simplement un peu de panache à l'obscur *Wirtschaftswunder*[2] de ce pays coupé en deux, toujours gouverné par ce traître accommodant de Konrad Adenauer.

☆☆

Klement prit l'un des gros lapins dans ses bras et le caressa pendant que le photographe préparait la prise de vue. Il avait choisi un fond particulièrement anodin, un arbre quelconque et la modeste petite cabane qui servait d'appentis, perdue entre le champ en friche et le ciel bleu, afin que la photographie puisse avoir été prise dans n'importe quel coin du monde, à commencer par le Moyen-Orient, d'où ces lapins étaient originaires. Les appareils photo devenant de plus en plus petits et universels, il n'y avait plus grand sens à continuer de les fuir, avait commencé à se dire Klement, depuis un certain temps. Pour cette raison, il avait décidé de produire lui-même l'image que d'autres auraient voulu lui voler. Bien qu'une telle méthode n'ait donné aucun résultat auprès de la non-petite amie à moitié juive de Klaus,

1. En référence aux paroles de l'hymne allemand : « L'Allemagne par-dessus tout, au-dessus de tout. »

2. Redressement et essor économique de l'Allemagne, qui commença dès 1948, après la réforme monétaire, et atteignit son apogée dans les années soixante.

la fille de l'aveugle Hermann. Klaus avait eu beau insister pour l'inviter chez eux afin qu'elle rencontre son père nazi, elle avait toujours refusé, jusqu'à ce qu'elle aille finalement habiter avec sa famille dans un village de la pampa, sans avoir cédé à ses avances.

Klement aussi s'était installé dans les terres, mais pas aussi loin, à deux heures de train seulement de la capitale, pour pouvoir passer le week-end en famille. L'idée de se remettre à élever des animaux ne l'avait jamais vraiment quitté, et il en avait même retrouvé le désir après que son ami Juan Richwitz avait emménagé dans la province de Córdoba, justement pour la mettre en pratique avec des lapins angora ; mais à peine l'avait-il concrétisée que l'un des actionnaires des robinetteries FV avait mis en vente sa ferme de Joaquín Gorina, car il rentrait en Allemagne pour récupérer, d'après la rumeur, l'or qu'il avait soutiré à la banque centrale du Reich à la fin de la guerre. Avec d'autres associés, Klement avait retrouvé la nature et l'indépendance, deux mots qui étaient pour lui synonymes, et formaient ensemble l'antonyme de sa vie d'avant.

La ferme qu'il gérait à présent était infiniment plus grande que celle qu'il avait improvisée près du KZ de Bergen-Belsen, et ses affaires dépendaient moins des œufs que du doux pelage et des fertilisants à base d'excréments. Il y avait 5 000 poules et 10 000 lapins (respectivement 50 fois et 10 fois 100, d'après les calculs de Klement) dans l'exploitation de Siete Palmas, pour en l'occurrence seulement trois palmiers, et nains, qui plus est. Pour Klement, cette nouvelle entreprise n'était pas si différente de l'ancienne ; il devait nourrir les animaux et nettoyer leurs déjections, puis commercialiser sa production, mais désormais il était aidé par un intendant et son épouse, en plus des différents professionnels - vétérinaire, tondeur, sacrificateur - qui venaient périodiquement s'acquitter de tâches spécifiques. La vraie différence, c'étaient les lapins, qui ne faisaient pas de bruit à cinq heures du matin et qui étaient doux au toucher, bien qu'ils soient beaucoup moins amusants à observer que les poules, avec leurs bagarres incessantes. Être le kapo de ce camp de concentration pour animaux n'était pas sa manière idéale d'envisager le métier de fermier, et Klement aurait préféré élever des vaches, ce qui lui aurait permis de se promener à cheval dans les pâtures. Mais seul quelqu'un qui n'aurait pas appris les leçons de la teinturerie aurait pu avoir la naïveté d'entrer en concurrence avec les Argentins dans ce qui était sans doute le seul domaine qu'ils maîtrisaient.

Leur second talent était de jouer au *truco*, et dans ces cas-là, oui, ils acceptaient du monde. Si à l'époque où il avait été bûcheron il ne faisait preuve d'aucun intérêt pour les parties de *skat* de ses collègues - chez les officiers, on jouait aux échecs ou au *bowling*, les cartes restant l'apanage des simples soldats - ici, il était fasciné par les dessins si modernes des cartes espagnoles et leur inhabituel ordre hiérarchique, où l'épée et le garrot l'emportaient sur les rois et les cavaliers, et où l'or, même s'il valait beaucoup, n'était pas aussi précieux que l'acier bien affûté. L'intérêt principal de ce jeu consistait cependant à ce qu'il était exclusivement organisé autour de la duperie et du mensonge. Même en ayant deux « *anchos* » (d'après lesquels il était décidé qui était « *mano* »), ou en ayant récolté assez de points pour « *el envido* », qui se jouait avant « *el truco* » (et où les valeurs des cartes changeaient complètement, comme si elles-mêmes avaient une double face), un joueur pouvait perdre la partie d'un seul coup, ou du moins remporter le minimum de points, tandis qu'avec de mauvaises cartes mais de l'astuce ou du cran, chacun pouvait gagner la partie. Tel était le truc du *truco* : faire croire à ses adversaires que l'on avait moins ou plus qu'eux, en fonction des circonstances, afin de laisser planer le doute, car personne n'était obligé de montrer ses cartes lorsque l'autre décidait de ne pas jouer les siennes.

Le niveau de duperie était beaucoup plus élevé qu'au poker, et d'un tout autre ordre. Même la fraude franche et directe, qu'ils appelaient « *matufia* » (la ruse), faisait partie du jeu, car le fait même de la découvrir était valorisée sur le même plan qu'un autre petit mensonge. Parfois, il était nécessaire de tromper son propre partenaire en lui envoyant de faux signaux sur les cartes que l'on était censé avoir, afin que les adversaires les remarquent et en tirent les mauvaises conclusions. Avec son vocabulaire spécifique – Klement trouvait particulièrement poétique le concept de « *flor* » (fleur) – chaque partie se transformait en une vraie pièce de théâtre, où les acteurs ne jouaient pas pour un public mais pour les autres acteurs, ou plutôt *contre* eux. C'était le jeu de la manipulation par excellence, une guerre psychologique constante. Et Klement semblait être né pour cela, lui qui, à sa manière, faute de cartes, avaient joué avec ces lettres qu'il faisait écrire aux nouveaux venus à Auschwitz, les forçant à dire à leurs proches qu'ils pouvaient monter sans crainte dans les trains, car l'endroit était merveilleux. Pour cette raison, ses compagnons, qui associaient sa nationalité à l'ordre et au travail honnête, se mirent vite à cesser de l'appeler « l'Allemand » pour le surnommer « le faux Allemand ».

Il avait le don pour mentir différemment chaque fois, et presque contre sa volonté, comme si au fond, il disait des vérités que la réalité, têtue et obtuse, refusait d'admettre. Or, dans ce jeu, la capacité à mentir était célébrée comme la plus grande des habiletés, plus importante que la chance qui, là encore, ne semblait pas sourire à Klement. Comme il aurait aimé voir la tête de ses camarades en apprenant que le nom sous lequel ils le connaissaient était aussi un leurre !

– Prêt ?

– Quand vous voulez.

L'idée était d'écrire au dos de la photographie le nom d'une ville de Syrie et de la donner à son épouse pour qu'elle la glisse dans son portefeuille, au cas où l'on revienne l'interroger en son absence. Du côté des Allemands, il pouvait être tranquille : Vera et les garçons avaient récemment fait refaire leurs passeports à l'ambassade, sous leurs vrais noms, et personne n'avait posé de question embarrassante. Au contraire, l'ambassadeur lui avait même demandé de transmettre ses amitiés « à l'oncle Ricardo », avec un clin d'œil complice. Mais après la révolution d'il y avait quelques mois, Klement ne pouvait être certain que la police argentine ne s'allie pas aux forces de la synarchie internationale pour exercer sur sa personne cette haine vindicative contre le *goy* que le Juif traînait depuis les temps bibliques. Au point de regretter d'avoir ouvert son compteur électrique de la *calle* Chacabuco à son nom, même si ce nom était un faux.

La chute de Perón, bien que prévisible, le surprit par sa virulence, avec des bombardements aériens et des civils morts en pleine rue ; des scènes de guerre comme celles qu'il avait connues à Berlin. Ensuite, la même chasse aux sorcières effrénée, allant de la dissolution du parti péroniste à l'interdiction, sous peine de prison, d'appeler par son nom le général destitué. Pourquoi les vainqueurs commettaient-ils tous la même erreur ? Ne se rendaient-ils pas compte qu'humilier une personnalité aussi populaire revenait à humilier une bonne partie du peuple ? Cette révolution, qualifiée de libératrice, finirait par devenir le traité de Versailles de l'Argentine, comprit aussitôt Klement. Les conditions draconiennes imposées au camp des vaincus ne pouvaient que provoquer son renforcement clandestin, jusqu'au moment venu de reprendre le pouvoir, prédit-il avec une certitude de statisticien, même si cela impliquait de mettre le peuple allemand à la place des *cabecitas negras*, qui dans cette équation étaient les Juifs. En voulant tuer le péronisme, ils ne feraient que l'inciter à se reproduire, et plus seulement au sein des classes populaires, mais dans toute la société, y compris chez les enfants de ceux qui aujourd'hui soutenaient cette révolte. D'après Klement, il ne faudrait pas plus de vingt ans, comme entre la fin de la première guerre et le début de la seconde, pour que cette génération humiliée et meurtrie reprenne les armes, comme l'avait fait la sienne sous le commandement de son propre leader.

Il n'y pensait pas en termes purement théoriques et désintéressés. Après tout, il avait trois enfants qui vivaient dans ce pays, et depuis une semaine, sa femme avait donné naissance à un quatrième, le premier formellement argentin. Ce coup-là aussi l'avait pris par surprise, pas au moment de la naissance, évidemment, mais lorsque Vera lui avait annoncé qu'elle était enceinte. Elle l'avait découvert relativement tard, au cinquième mois, car ses menstruations avaient perdu toute régularité, et à son âge, quarante-six ans, avec les bouffées de chaleur qui la harcelaient depuis un bon moment, elle avait simplement cru à l'arrivée de la ménopause. Les mois d'attente, bien que réduits, générèrent une certaine anxiété chez Klement, car il craignait des complications pour son épouse, qui avait enfanté pour la dernière fois il y avait plus de dix ans. Sa propre mère, dont il ne gardait curieusement aucun souvenir, quoiqu'il ait eu neuf ans au moment de son décès (il *allait sur* ses dix ans, comme les gens disaient dans ce pays où l'on semblait craindre que le temps puisse soudain reculer) ; sa propre mère était morte des suites d'avoir mis au monde cinq enfants, et Klement n'arrivait pas à se débarrasser de la culpabilité d'avoir participé à cet homicide, même si, là encore, il n'avait fait qu'obéir à un ordre (naître) et n'avait eu qu'un simple rôle d'engrenage parmi d'autres dans la roue de l'infortune.

À la ferme, l'idée de reproduire avec son épouse la tragédie qu'il avait vécue avec sa mère l'inquiétait toutes les nuits, raison pour laquelle il se débrouillait pour les passer accompagné. Retrouver cet espace de liberté en semaine, qu'il avait expérimenté à Berlin pendant la guerre, lui confirma que les femmes, dans n'importe quel endroit du monde, étaient la meilleure moitié de l'humanité. Honnêtement, il aurait préféré que ce soient elles qui tiennent les rênes de la planète, puisque, étant celles qui conservaient et protégeaient la vie, elles s'avéraient sur ce point plus dignes de confiance que les hommes. Il se disait que le sexe féminin se laissait emporter par les sentiments - non seulement il se le disait, mais il l'exprimait dans son espagnol maladroit - alors que les hommes adoptaient un point de vue rationnel ; mais au-delà du fait qu'il ne voyait aucune rationalité masculine dans le champ de la politique, la question demeurait la suivante : pourquoi ces certitudes féminines fondées sur les sentiments ne pouvaient-elles pas remplacer l'irrationnalité des hommes, puisque, au fond, la situation n'aurait pas pu être pire ?

La nature ne lui avait pas donné la chance d'avoir une fille, pas même sur le tard, mais malgré tout, il se sentait fier, presque euphorique, maintenant que le danger était passé, car il interprétait cette naissance d'après-guerre, presque postapocalyptique pour lui, comme un symbole de la vie triomphant sur les puissances qui l'avaient traqué et cherchaient encore à le détruire. Pour cette raison, il souffrait de ne pas avoir pu donner son nom à ce nouveau lapereau et d'avoir dû l'inscrire sous celui de sa mère, comme un fils bâtard. Ce fut la première fois qu'il envisagea de baisser la garde et de demander une pièce d'identité avec son prénom et son nom de naissance, comme l'avaient fait plusieurs *Kameraden* résidant en Argentine. Finalement, il résista à la tentation, mais pour compenser, il donna à l'enfant le prénom Ricardo, auquel il accola Francisco, en l'honneur du curé de Gênes qui lui avait fourni son visa.

– C'est prêt, monsieur.

– *Na endlich !*[1]

Le très long moment qu'avait mis le photographe à prendre son cliché fut compensé par la quasi-instantanéité avec laquelle la machine le développa. C'était miraculeux. Il avait fait venir cet homme de la capitale car il ne faisait confiance à personne susceptible de conserver les négatifs, mais aussi parce qu'il voulait voir en action l'un de ces nouveaux appareils à développement instantané. Il avait toujours apprécié la technologie au service de l'individualisation et de l'autosuffisance. À Budapest, motivé par la défaite de Stalingrad, et après avoir dépoussiéré ses connaissances acquises durant ses deux années d'études de mécanique dans une école technologique de Linz, il avait commencé à dessiner un appareil capable de transporter dans les airs un soldat armé sur des distances plus ou moins longues. Il était allé jusqu'à entrer en contact avec un expert en la matière, le professeur Flettner, inventeur du rotor du même nom, alors concentré sur la construction de petits hélicoptères pensés pour venir en renfort des sous-marins. Mais le travail bureaucratique qu'il devait malheureusement continuer à abattre, ajouté à l'intensité croissante des bombardements nocturnes qui l'empêchaient de dormir correctement, laissèrent le projet en suspens.

L'image termina d'être révélée comme par magie. Klement la regarda avec une sorte d'épouvante (faute de miroirs, cela

1. Enfin !

faisait longtemps qu'il n'avait pas vu son visage, aussi asymétrique sur le papier que dans la réalité) puis il remit à l'homme le montant convenu, qu'il avait déjà dans la poche, non sans s'être auparavant assuré une énième fois que le ventre du Polaroid ne conservait aucun négatif.

Il regarda la voiturette du photographe se perdre dans la plaine et se remit à caresser mécaniquement le lapin qui, aussi apeuré qu'il était, n'osait pas uriner sur ses vêtements. Il croyait peut-être qu'en étant sage il échapperait au châtiment qui l'attendait pour avoir été le témoin - involontaire et inconscient - d'un secret. Mais seul le photographe s'était échappé, quant au lapin, Klement avait déjà sorti le seau où il l'étoufferait - et il fit cela dans la foulée - à l'abri des regards, dans la cabane à outils, car cela aussi devait rester secret. Les lapins n'étaient pas élevés pour leur chair, contrairement aux poules, en partie ; en tout cas, pas pour ceux qui s'en occupaient, et d'autant moins sans payer. Depuis combien de temps n'avait-il pas mangé de lapin ? Ici, personne ne pouvait comprendre ce que cela signifiait pour Klement, car dans ces confins du monde, personne ne savait ce que voulait dire chuter comme lui avait chuté. Il avait beau avoir passé plus de temps à vivre dans cette précarité que dans l'opulence, sa nostalgie restait intacte, surtout en ce qui concernait la nourriture (et la voiture avec chauffeur). Et puis, il venait d'avoir un enfant à tout juste cinquante ans. Cinquante ans ! Que quelqu'un ose lui dire que ce n'était pas une raison suffisante pour faire la fête.

La bête cessa de bouger entre ses mains, mais Klement la maintint enfoncée dans le seau encore un bon moment, au cas où elle ferait semblant, car il ne fallait jamais se fier aux êtres trop soumis, marmonnait-il intérieurement, se rappelant le soulèvement inattendu du ghetto de Varsovie. Son idée était de cuire le lapin à la casserole ; pas lui, la femme qui viendrait ce soir, Celia, une veuve du village voisin de Ringuelet, mais avant – avec minutie – il devait lui retirer sa peau, qu'il comptait tanner puis offrir à son épouse pour leur prochain anniversaire de mariage.

IV B 4 a

Bunker Liberté

Adolf, du alte Nazi Sau,
Kapituliere doch endlich.
(Nein, ich Kapituliere nicht !)
Adolf, du Sau !

Comment pouvaient-ils vivre dans cet enfer ?

Presque en courant, Klement finit de traverser la première moitié de l'*avenida* 9 de Julio, dans un océan de voitures qui avançaient lentement mais sûrement au milieu des piétons et des courants perpendiculaires et obliques formés par les autres voitures, autobus et tramways. Un chaos parfaitement chaotique dans lequel aucun élément n'avançait parallèlement en suivant un trajet prévisible. Chaque sous-division du boulevard, le plus large du monde d'après les Argentins, et aucun étranger l'ayant vécu à pied n'aurait pu les accuser d'exagérer sur ce point, ainsi que chaque oasis d'arbres devenait pour le naufragé une île dont il aurait voulu qu'on le sauve par hélicoptère. Mais pas moyen, tôt ou tard il fallait se jeter dans ce concert de klaxons et négocier son passage avec le moindre poisson de ce banc métallique pour rejoindre l'autre rive.

Buenos Aires était apparemment la seule mégapole du monde qui n'avait toujours pas de feux tricolores pour réguler le trafic, pas même aux carrefours dangereux comme celui-ci, non loin de l'Obélisque, construit bien sûr par des Allemands. Ceux qui s'opposaient à l'installation de ces artefacts organisateurs n'étaient pas les automobilistes mais les piétons, afin de continuer à jouir de la prérogative de pouvoir traverser les rues à l'endroit où cela leur chantait. Une posture incompréhensible pour Klement, même si, de fait, il l'adoptait en décidant de traverser à cet endroit, au lieu de quelques rues plus loin, au niveau de Corrientes, et de ne pas entrer dans le tunnel du métro (également construit par des Allemands) qui permettait de contourner l'obstacle par le bas. Avant cela, il voulait passer par un tabac de la *calle* Florida, adjacente à l'*avenida* Corrientes. Ainsi se justifia-t-il en son for intérieur pendant qu'il évitait un homme ventru, qui traversait en lisant le journal avec un flegme absolu. Mais au fond, il savait il évitait le détour à cause de ces quelques *cuadras* supplémentaires qu'il aurait dû parcourir, aller-retour, jusqu'à Corrientes. Malgré cela, son absence presque totale de dénivelé faisait de Buenos Aires l'une des villes les plus commodes pour se déplacer à pied, si bien qu'ici personne ne voulait marcher ne serait-ce que dix mètres de plus, dans ce qui semblait être une compétition permanente pour savoir qui ferait le plus petit nombre de pas pour arriver au même endroit. En matière de paresse pédestre, Klement était devenu un vrai Portègne.

Il grimpa sur le trottoir d'en face, sentant que l'exercice, la tension et la moiteur de l'air avait humidifié ses aisselles, et il s'arrêta pour les ventiler discrètement, une main sur la hanche et l'autre en visière, comme s'il avait oublié quelque chose de l'autre côté de l'avenue. Une avenue qui, pensa-t-il, un peu ensuqué par la chaleur, non seulement portait la date de l'indépendance du pays, mais ressemblait aussi, avec ses angoisses et ses dangers, à une mise en scène de ce téméraire processus émancipatoire ; son parc d'attractions improvisé. Quoi qu'il en soit, proportionnellement à la population, peu tombaient au champ d'honneur de la rue écrasés par une voiture ou un autobus, et la majorité en sortait triomphante, comme le pays, confirmant du même coup la réputation qu'avaient les Argentins d'être de bons conducteurs. Une réputation se fondant sur un autre concept erroné que Klement trouvait scandaleux, quoiqu'il le comprenne secrètement : les Argentins croyaient qu'une bonne conduite ne consistait pas à respecter les règles ni à se comporter respectueusement envers les piétons, mais à avoir de bons réflexes, à les frôler de quelques millimètres, à rouler le plus vite possible et à freiner toujours au dernier moment. Tant qu'ils compteraient Juan Manuel Fangio parmi leurs illustres concitoyens, ils auraient du mal à cesser de se croire parfaitement légitimes d'après ces critères.

La *calle* Florida devenait piétonne à partir de 15 heures, et pourtant, à 15 h 15 passées, les voitures roulaient encore. Les trottoirs étroits étaient tellement bondés que l'asphalte de la chaussée en devenait comparativement l'endroit le plus sûr pour marcher sans rentrer dans quelqu'un. Des chapeaux de toute sorte et de toutes les couleurs sillonnaient les trottoirs tels des navires dans cet océan noir de cheveux gominés, et les boutiques se succédaient les unes aux autres sans respecter de zone de chalandise ; à côté d'une maison de haute couture, il pouvait y avoir un magasin de sanitaires, puis un salon de coiffure, puis une banque. À intervalle régulier, une large entrée donnant sur une galerie interrompait cette chaîne de maillons incompatibles où la promiscuité était encore plus importante, ou alors c'était l'entrée étroite d'un bâtiment, devant lequel un portier en uniforme musardait indéfectiblement en mâchouillant un cure-dent. Pas une seule boutique n'aurait renoncé à déplier son store en toile, y compris celles dont la marchandise en vitrine n'avait pas besoin d'ombre, comme un hommage inconscient aux *tolderías*, les campements indigènes, la seule trace de ce peuple encore visible dans cette ville.

La malchance voulut que le tabac soit fermé pour cause de deuil, d'après le petit mot écrit à la main devant lequel Klement resta un bon moment immobile sans savoir quoi faire, comme il était resté immobile devant la tombe de Theodor Herzl à Vienne, se rappela-t-il, sans trop savoir quoi faire de cette réminiscence. Il reprit sa route, mais en quittant la *calle* Florida pour la Singerstraße, bien qu'elles n'aient aucune ressemblance, hormis un ou deux bâtiments et leur nature commerçante. Il n'y avait ni nostalgie ni pesanteur dans cette superposition décousue, au contraire, c'était une sorte d'injection animique, comme si son corps se retrouvait soudain couvert d'une protection beaucoup plus enveloppante, un costume de froid qui le préservait de ce soleil estival. Mais peut-être que ce lien n'était pas si absurde que cela ; deux endroits, à la même heure, le même jour, le même mois, mais chacun d'un côté de l'équateur. Klement en conclut qu'il avait dû s'agir, disons, d'un souvenir prospectif, où sa mémoire avait travaillé non au service du passé mais du futur.

Le futur, c'était son rendez-vous imminent avec le docteur Helmut Gregor, ainsi qu'il s'obligea à l'appeler tant qu'il ne lui avait pas donné de directive à ce sujet, et il était de toute façon hautement improbable qu'ils passent un jour au tutoiement ; le destin avait eu beau les réunir dans ce pays, rien n'effacerait jamais qu'ils étaient d'une extraction sociale très différente. Gregor était né dans une famille riche, son père était propriétaire d'une grosse usine de machines agricoles et avait même été candidat à la mairie de sa ville. Après avoir étudié à l'université, la médecine mais aussi l'anthropologie, Gregor avait obtenu son doctorat. Du front, en tant que médecin de guerre, il était revenu avec une blessure et deux Croix de fer, et à son poste de médecin principal d'Auschwitz, il avait accompli de grandes avancées dans l'étude des jumeaux, bien qu'il ne soit pas allé jusqu'à les publier. Ici, il habitait non loin de Klement, dans la partie chic du quartier, une demeure avec un parc et une piscine à quelques mètres du fleuve. Il semblait ridicule de se retrouver au centre-ville, d'autant que la rencontre avait été orchestrée par Wim Sassen, qui lui non plus n'habitait pas là. Klement était installé à Buenos Aires depuis des années, pourtant ils ne se croisaient jamais, même pas lors des fêtes somptueuses qu'organisait l'ancien pilote et désormais magnat de l'acier Dieter Menge dans sa propriété de la pampa, où Klement s'était fait traîner plusieurs fois en espérant rencontrer Gregor.

Rencontrer Gregor ? Pour être honnête avec lui-même, ce qu'il voulait surtout, c'était que Gregor le rencontre. Et pas seulement : il voulait lui faire bonne impression et qu'il l'apprécie. Comme c'était d'ailleurs le cas de tout le monde, y compris les représentants de la communauté juive de Vienne, puisque sa mémoire le ramenait à cette ville. Et même les reclus d'Auschwitz, se dit-il, se rappelant cette prisonnière qui lui avait demandé des nouvelles de son mari, l'un des chefs du Conseil des Anciens de Theresienstadt, et Klement de lui répondre qu'il allait très bien et qu'il lui remettrait avec plaisir une lettre de sa part. Quiconque ayant vu l'expression de joie de cette femme en acceptant sa proposition aurait compris que la perversité, la vraie perversité gratuite, aurait été de lui dire que son mari venait d'être gazé à quelques mètres de l'endroit où ils se trouvaient. Il avait dû arriver la même chose au docteur Gregor, avec ses expériences sur les jumeaux qu'il était devenu de bon ton de qualifier d'inhumaines, alors que la véritable inhumanité aurait été pour un chercheur de ne pas profiter d'une chance qui lui était donnée d'apporter son grain de sel aux progrès de la science.

Il tourna *calle* Lavalle et vit le toit du chalet d'A.B.C., le restaurant le plus allemand de Buenos Aires, d'après la réclame qu'en faisait Sassen, probablement parce que la revue *Der Weg* en faisait elle-même la publicité dans chacun de ses numéros. À l'intérieur, le restaurant se distinguait de Zur Eiche principalement par sa taille : un couloir étroit débouchant sur la cuisine, que les murs couverts de trop de miroirs ne parvenaient pas vraiment à agrandir. L'autre différence était l'air conditionné, qui remplaçait avantageusement le jardin de derrière, malgré la lourde atmosphère enfumée. Une grande peinture à l'huile au fond de la salle minimisait les écussons des *Länder* sur les murs latéraux, d'autant plus que le tableau représentait un château perché sur une montagne qui aurait pu se trouver dans n'importe laquelle de ces provinces, ou peut-être aucune, et que Klement se plaisait à imaginer en Autriche.

Sassen l'avait prévenu qu'il reconnaîtrait Gregor à sa moustache, mais ladite moustache se cachait derrière un numéro du *Freie Presse*, publié par l'ancien conseiller de Goebbels, Wilfred von Oven. Par déformation professionnelle, Klement se pencha pour lire son concurrent libéral (sémite), l'*Argentinisches Tageblatt*, en tâchant de ne pas le payer. Au Café Munich, sur la rive sud, il y avait toujours plusieurs exemplaires suspendus ; mais sûrement pas ici.

– Enfin, docteur, nous voyons nos visages respectifs, lança Klement, alors que ces derniers restaient dissimulés derrière le journal.

Gregor le baissa lentement, encore absorbé par sa lecture, et il ne lui tendit la main qu'au bout de quelques secondes, non pour le saluer mais pour l'autoriser à s'asseoir. Il était vêtu d'une élégante veste en lin beige, d'une chemise blanche au col amidonné flambant neuve, avec un foulard en soie rouge autour du cou. Klement portait son costume du week-end, mais il avait quand même l'impression de sentir le lapin. La crotte de lapin.

– Sassen m'a beaucoup parlé de vous, lui dit Gregor sur un ton de reproche, voire d'agacement. Il prétend que vous seriez notre dernier témoin contre les calomnies des vainqueurs.

– Vous êtes là aussi, docteur, répondit Klement, sans savoir lui-même si c'était un compliment ou une accusation.

– *Ach*, moi je ne sais rien, j'étais enfermé avec mes cochons d'Inde, se plaignit Gregor en caressant sa moustache, moins voyante que l'écart entre ses incisives centrales, qui était assez grand pour y loger un restaurant dans le genre de l'A.B.C. Il paraît que vous aussi, vous vous occupez de cochons d'Inde, maintenant ?

Faux pour les cochons, vrai pour les Indiennes, pensa Klement, mais il se garda bien de le dire, même si parler des femmes était toujours un bon moyen de gagner la complicité d'un homme. Lui aussi avait commencé à expérimenter des croisements entre races, dans le but d'augmenter sa production, mais puisque les résultats n'étaient pas au rendez-vous, il aurait pu en profiter pour demander conseil au docteur en face de lui, toutefois Klement craignait qu'il le prenne mal. Gregor avait pourtant fait des expériences sur des Juifs et des Gitans comme sur des rats, ce qu'ils étaient en termes raciaux, de sorte que ses compétences vétérinaires n'étaient sans doute pas nulles.

– Nous élevons des lapins angoras depuis un moment.

Klement se surprit à calculer qu'il allait bientôt avoir passé le même nombre d'années dans cette ferme-ci que dans la précédente, et se dit qu'il était peut-être fait pour ce métier, même s'il avait l'intuition que la chance ne tournerait pas en sa faveur, même avec ces bestioles porte-bonheur.

– Et vous, docteur, vous gérez une pharmacie, si je ne suis pas mal informé ?

Ce que gérait surtout Gregor, c'étaient des avortements à son domicile, d'ailleurs il avait été incarcéré brièvement à cause de cela, après une fausse dénonciation. En bon journaliste qu'il était, détenant toutes les informations sur ce petit cercle, Sassen lui avait révélé qu'il pratiquait en effet des avortements clandestins - cela, tout le monde le savait - mais justement pas celui qui avait coûté la vie à une jeune fille et pour lequel il avait été dénoncé ; on l'avait donc relâché quelques jours plus tard, avec un casier vierge. Même la justice divine a parfois des failles.

– *Na ja*[1], la pharmacie, c'est encore au stade de projet, ce sont les affaires de mon père, qui est venu me rendre visite, lui confia Gregor. Il a aussi investi dans une usine de poêles. Des poêles à gaz, *natürlich*.

Un serveur arriva, ils commandèrent des cafés (Klement aurait préféré un schnaps, mais il savait que Gregor ne buvait pas). L'interruption lui permit de ne pas relever l'allusion aux chambres à gaz, qui lui parut de mauvais goût, en plus d'inexacte, car un gaz n'avait pas grand-chose à voir avec un autre. Il savait que ceux qui avaient cherché à se dédouaner devant la justice l'avaient associé à cette facette de l'extermination, au point de laisser entendre que c'était lui qui avait choisi le Zyklon B pour mener à bien cette tâche. Mais que par pur plaisir, cette infamie soit répétée par celui-là même chargé de séparer sur la rampe de sélection qui irait au travail forcé et qui aux cheminées, lui semblait une vraie provocation. Que cherchait-il, avec ce clin d'œil ? Chacun avait fait son travail, inutile d'ajouter ou de retirer quoi que ce soit, à soi-même et encore moins aux autres.

---

1. Pas vraiment.

– Avez-vous connu ce professeur de Strasbourg qui étudiait les crânes de bolchéviques ?

Klement accepta néanmoins d'évoquer ce qui, en fin de compte, était la seule chose qui leur soit arrivée dans la vie.

– J'ai connu son collègue, Eduard Pernkopf. Gregor ne laissa pas Klement se vanter de ses apports à la science.

– Avez-vous eu l'opportunité de parcourir son atlas du corps humain ? Le plus complet et le plus beau de l'histoire, grâce au fait qu'il ait pu travailler avec un matériau de première qualité, presque vivant.

– Peut-être que je...

– Tous des prisonniers politiques.

Gregor avait de nouveau tranché toute velléité de figuration de la part de Klement dans cette conversation.

– Pernkopf était l'un des généticiens qui croyaient vraiment à la théorie raciale, si peu scientifique au demeurant, comme nous le savons tous. Il disait que mes recherches ne valaient rien, parce qu'elles étaient menées sur une race inférieure. C'est la raison pour laquelle je n'ai jamais partagé mes découvertes.

– Quelles découvertes ? demanda Klement, regrettant aussitôt d'avoir servi la soupe à l'arrogance de son interlocuteur.

– La plus importante, c'est un régime qui dure une journée et se limite à deux interdictions, répondit Gregor, sur le ton de celui qui ne se répétera pas. Appliqué pendant l'enfance, comme un vaccin mais sans violence, il permettrait d'éviter une infinité de maladies et sauverait des millions de vies.

– Intéressant, ponctua Klement, les dents serrées, se sentant si proche d'un grand secret.

– Oui, mais ce n'est pas dans mon intérêt de le diffuser. Tant que le monde entier doutera de mes méthodes, je le priverai de leur indubitable utilité. Je ne l'ai même pas dit à Perón, les fois où nous nous sommes entretenus. Ni à mon père.

Klement avait envie de penser qu'il était d'accord avec cet acte de vengeance, mais il se surprit à imaginer en retour comment serait sa vie, y compris en tant qu'exilé forcé, si son propre père avait pu lui rendre visite, même s'ils ne faisaient pas affaire ensemble. Parfois, il se disait que, plutôt que d'être libre en Argentine, il aurait préféré être enfermé dans une prison allemande, là où au moins cette possibilité aurait été envisageable.

– Je comprends votre position, bien que je la déplore, surtout pour vos enfants, répondit-il.

– Je vous envie d'avoir les vôtres ici auprès de vous.

Gregor prouvait qu'il avait pensé à la même chose que Klement, mais depuis son propre point de vue, ou plutôt de non-vue.

– Moi, mon fils, je viens de le revoir en Suisse pour la première fois depuis des années, il a déjà treize ans, un vrai petit homme.

En Suisse ? Il pouvait donc voyager en Europe comme si de rien n'était ? Sassen lui avait raconté que pour se remarier (avec l'épouse de son frère mort !), Gregor avait fait renouveler son passeport à l'ambassade sous son vrai nom, ce qui avait déjà provoqué chez Klement une pointe de jalousie, mais le fait qu'il puisse traverser l'océan sans être arrêté était une information qui l'emplissait de colère. Ce n'était pas du ressentiment, car Klement ne souhaitait le malheur d'aucun de ses anciens camarades, il regrettait simplement l'injustice innommable d'être le bouc émissaire de tous les expatriés, le mouton noir parmi les moutons noirs.

– Est-il vrai, docteur, que vous avez utilisé le système des cent mots par jour pour apprendre cette langue démoniaque que l'on parle ici ?

Klement avait brusquement changé de sujet, même s'il aurait voulu aller encore plus loin et lui demander si c'était vrai qu'il ne s'était pas fait tatouer son groupe sanguin sous l'aisselle, comme on avait obligé tous les SS à le faire, et si le cas échéant, c'était parce qu'il avait prévu la défaite et les persécutions futures de la part des Alliés, ou parce qu'en bon médecin qu'il était, il ne faisait pas confiance à ses confrères, et qu'au cas où il aurait perdu conscience, il préférait mourir plutôt que de laisser les autres prendre une décision en fonction de cette donnée.

– Êtes-vous un partisan des *Karteikarten* ?

La question sembla surprendre Gregor, même s'il le prenait déjà clairement pour un rat de bibliothèque.

– J'ai appris ça à l'école, se justifia Klement, et il en profita pour ajouter, bien qu'il se soit promis de ne jamais trop se vanter de la coïncidence : Je ne sais pas si vous êtes au courant, mais à Linz, j'ai fréquenté la même *Realschule*[1] que le Führer.

Un ange passa, non seulement à leur table mais aussi dans toute la salle, à moitié vide à cette heure-ci, les trois clients stratégiquement répartis pour ne pas avoir à se tenir compagnie. À la radio, que l'on entendait depuis la cuisine, si lointaine qu'elle semblait être en allemand, il y eut une brève coupure entre les publicités et le tango suivant ; l'air conditionné venait juste de s'arrêter un instant, comme si lui aussi devait reprendre son souffle ; même les mouches voletant au centre tridimensionnel de la salle à manger parurent éteindre leur moteur et profiter d'un brin d'air tiède pour se mettre à planer.

– Non, je ne savais pas.

Celui que l'on appelait *l'ange de la mort* brisa le silence d'une voix teintée d'un peu de mépris, comme si cet élément qui venait d'être involontairement intégré à son patrimoine personnel n'était qu'une manifestation d'ignorance ou de distraction, quoi qu'il en soit, tout le contraire d'une connaissance.

---

1. École.

– En effet, insista Klement, même si cela ne plaisait pas à l'autre, ou plutôt *parce que* cela ne lui plaisait pas. Dans *Mein Kampf*, il parle de notre professeur d'histoire, Herr Pötsch.

– Vous avez lu *Mein Kampf* ? lui demanda Gregor, éminemment incrédule, sans que Klement comprenne si c'était parce qu'il le considérait illisible ou qu'il l'estimait incapable de lire un livre.

– Pas en entier, avoua-t-il en allumant une cigarette. J'ai toujours été plus intéressé par ce qu'écrivait l'ennemi. Leur seule arme était leur intellect. Il fallait le leur prendre.

Gregor acquiesça d'un air pensif, évaluant non pas la thèse en elle-même mais la possibilité que son interlocuteur ait pu l'articuler, trop élaborée même pour quelqu'un qui aurait fini ses études dans cette école où il prétendait être allé. Par une association d'idées un peu forcée, mais pas si difficile que cela à reconstituer, Klement se rappela la fois où l'un de ses supérieurs, Karl Wolff, était intervenu pour éviter à un Juif la déportation ; il avait catégoriquement refusé sa demande, l'autre avait insisté en lui rappelant son grade, mais Klement avait mis fin à la dispute en le provoquant en duel. Himmler les avait empêchés de se battre ; mais Himmler était mort désormais.

Gregor regarda le journal posé sur la table, lui faisant comprendre qu'il préférait reprendre ce qu'il était en train de faire avant d'être interrompu par Klement, qui baissa lui aussi les yeux, et tombant sur un titre évoquant une nouvelle baisse du cours du *peso* argentin, il se mit à lui raconter ses aventures de cambiste à Vienne, dont Gregor ne semblait rien savoir non plus. Pour rendre plus efficace l'émigration, et que le Reich récupère le plus de liquidités possible, car il n'était pas bon non plus que les Juifs fuient l'Europe avec leur maudite fortune, leur second arsenal après les livres, et pour que le nettoyage soit efficace, raconta Klement, sa stratégie avait été de modifier le taux de change du mark allemand pour les devises venues d'organisations caritatives juives à l'international, ainsi que les montants que les émigrants étaient obligés de verser dans leurs futurs pays d'adoption, toujours dans des valeurs fictives.

– Donc – il se racla la gorge puis posa sa cigarette dans le cendrier pour pouvoir parler avec les deux mains –, le *Reichsmark* valait le triple de son prix lorsqu'ils avaient besoin de le vendre, et un tiers lorsqu'ils le vendaient. Nous leur avons administré leur propre médicament, pour le dire un peu vulgairement.

En changeant la valeur du mark, poursuivit-il, attentif à la mine éberluée de Gregor (qui ne comprenait pas sa stratégie, ou peut-être ne comprenait-il pas la stratégie qui consistait à lui raconter tout cela), le Reich récupérait des devises à un prix dix à vingt fois inférieur à celui du marché, sans devoir payer plus de taxes et d'impôts, lesquels étaient toujours trop élevés et déclenchaient des protestations. Évidemment, ils auraient pu simplement tout prendre aux Juifs – Klement avait anticipé sa question –, mais il fallait garder les formes, en particulier à cause des répercussions que cela pouvait avoir à l'étranger. Des années plus tôt, digressa-t-il, il avait demandé qu'un rabbin lui apprenne l'hébreu, moyennant salaire, bien entendu (« Trois marks de l'heure, il me semble », précisa-t-il car quand elle le voulait, sa mémoire savait se montrer généreuse) ; une demande qui lui avait été refusée, pensait-il maintenant à voix haute, pour ne pas avoir proposé d'emprisonner ce même rabbin et l'obliger à lui donner des leçons gratuitement. Mais penser comme cela, se contredit-il, revenait à écraser dangereusement le passé. Ce qui donnait l'impression d'être arrivé en un éclair avait été en réalité un long processus : des jours, des semaines, des mois, des années pour arriver à ce que ce jour-là, à cause d'une erreur de point de vue, tout semble avoir été prévu à l'avance. En tout cas, son idée de taux de change ne lui avait pas rien coûté, s'il lui permettait le jeu de mots. Quelqu'un au gouvernement avait laissé entendre qu'il avait délibérément cherché à déstabiliser la monnaie nationale, l'affaire était revenue aux oreilles des plus hautes instances et il avait dû aller s'expliquer pour ne pas terminer lui-même en camp de concentration.

– Ce n'est pas pour rien que, chez moi, c'est ma femme qui gère l'argent, acheva-t-il son anecdote, dans un sourire qui vint s'écraser contre le visage imperturbable de Gregor.

Klement n'attendit pas que sa propre hilarité s'éteigne, et au contraire, il l'utilisa comme un tremplin, voire comme un pont, afin de passer à l'anecdote suivante, quand il s'était retrouvé à la tête d'une petite troupe censée livrer la bataille finale à Altaussee, une aventure d'à peine quelques jours mais qu'il n'avait jamais oubliée, peut-être parce que au fond elle résonnait encore. En s'arrêtant sur la route de Totes Gebirge, ou Massif Mort, sa troupe avaient trouvé un coffre rempli d'argent que, une fois l'opération terminée, Klement avait réparti en parts égales entre les soldats, moyennant leur signature au bas d'un reçu correspondant à la somme versée ; on ne jouait pas avec l'argent, même dans les situations extrêmes. Ils avaient été nombreux à trouver cette histoire de reçu cocasse, mais le plus drôle dans tout cela – Klement afficha un sourire, faisant de son mieux pour qu'il n'ait pas l'air forcé – c'est que l'argent était faux.

– L'*Obersturmbannführer* Dörner a été le premier à me parler des faussaires juifs dans les KZ, ils vivaient comme des rois.

Il était revenu au début de son histoire, celle qu'il avait écrite et brûlée plus d'une fois.

– On les maintenait dans des conditions confortables pour que le moment venu, ils fabriquent de la fausse monnaie à grande échelle. L'idée était d'envoyer des Juifs dans les pays ennemis avec des tonnes de papiers inutilisables pour déstabiliser la monnaie. On avait même parlé de balancer les billets depuis des avions. Mais finalement, seuls quelques échantillons avaient été fabriqués, lesquels n'étaient jamais sortis du Reich.

Il lui parlait d'argent car il n'en avait pas : voici ce que Klement pensait que Gregor pensait, lui dont le visage continuait de dire qu'il ne pensait à rien ; puis il se mit à lui parler du terrain qu'il comptait s'acheter grâce aux bénéfices que lui avaient rapportés la ferme. Ou plutôt grâce aux mensualités de son crédit hypothécaire et au prix très faible de la terre dans cette zone inondable, à quelques kilomètres au nord de la capitale, presque en pleine campagne, mais non loin d'une route et d'une gare. C'était là qu'il prévoyait de réaliser son rêve : construire sa propre maison, tout seul, avec l'aide de ses fils, bien entendu ; des fondations au puits d'eau jusqu'à la dernière ampoule, dès que l'électricité finirait par arriver. Pour l'instant, il n'y avait rien, pas même un fil barbelé délimitant le terrain, assez grand cependant pour y planter des arbres fruitiers et entretenir un beau potager ; à l'expansionnisme prévalait l'autosuffisance.

– Attention à ce que cette maison ne devienne pas votre perte, le prévint Gregor, le regardant pour la première fois dans les yeux. Dans notre situation, il vaut mieux ne jamais s'arrêter de bouger.

– Vous croyez ?

Klement contracta ses épaules vers le bas, comme pour les forcer à avoir l'air détendues.

– En Autriche, ils viennent de signer une amnistie, la deuxième ; je crois qu'on est en train de nous oublier.

– La mémoire est une traîtresse, Klement.

Les yeux de Gregor affichèrent soudain un éclat particulier, à la fois doux et satanique.

– Moi, par exemple, je me souviens du visage d'une Juive sur la rampe de sélection. Elle était d'une petitesse ridicule, avec sa mère, une vieille aveugle que j'ai immédiatement envoyée à la douche. Et vous savez ce qu'elle a fait, cette petite punaise ? Elle l'a suivie ! Sans que je lui en aie donné l'ordre ! Et là, il m'est arrivé un sacré paradoxe : je lui ai donné un coup de pied, pour qu'elle aille se ranger dans la file des aptes au travail. Vous vous rendez compte de ce que je vous dis ? J'ai sauvé cette imbécile, comme j'aurais pu sauver beaucoup d'autres gens avec mes découvertes. Mais je le regrette. Parce que maintenant, je sens qu'elle vit encore, elle est libre, et pas moi. Dès que je ferme les yeux, ce visage me revient, une seconde avant que je le défigure avec ma botte.

Inquiet que sa propre mémoire, si fragile, ne le trahisse à son tour, Klement prétexta un rendez-vous et prit congé de Gregor aussi abruptement qu'il l'avait abordé, non sans avoir auparavant laissé sur la table un billet couvrant largement le prix des cafés, même s'il n'aimait guère cette coutume d'abandonner le pourboire sur la table, craignant toujours que quelqu'un le vole, en l'occurrence, ici, Gregor.

Il sortit furieux, plus envers lui-même d'avoir ainsi joué le rôle du charlatan vaniteux, que contre Gregor de l'avoir poussé dans ce retranchement par son mutisme méprisant. Tel un boxeur plus habile que puissant, Gregor avait assené le premier coup, mais juste pour réveiller son ego, ensuite il s'était laissé cogner jusqu'à épuiser l'autre, puis il l'avait achevé d'un crochet au foie, avec cette anecdote qui le faisait presque passer pour un bienfaiteur de l'humanité. Klement pesta contre l'idée qu'il s'était mise en tête de gagner l'estime de ce toubib avorteur, et il se jura de ne plus jamais le revoir ni lui parler.

Cette rencontre ratée l'avait tant échauffé que la très chaude température extérieure lui sembla pour la première fois supportable, et il arpenta un long moment le centre et les quartiers sud. Il avait un besoin urgent de voir du monde, des automobiles, du mouvement, même si ce n'était que pour retrouver son envie de campagne. Sur le chemin du retour, il tomba sur le Luna Park, le stade mythique que le Parti avait rempli pour fêter l'Anschluss. On y annonçait un combat opposant Pedro Benelli et Mario Lopiano. Klement envisageait de passer un peu le temps afin de pouvoir assister au spectacle, lorsque s'approcha de lui un homme mal habillé et sentant très mauvais, bien qu'aux cheveux impeccablement gominés ; celui-ci lui demanda une cigarette et, dans la foulée, lui proposa un billet, non pas pour ce combat de petites mouches mortes, d'après ses propres mots, mais pour aller voir boxer le grand Mono Gatica en personne.

– Ça aura lieu dans une salle qu'on appelle « Sol Park ».

Et il lui montra ses dents cariées et noires, rappelant à Klement qu'avant de commencer à construire sa maison, il devait s'occuper de sa dentition.

Voyant que sa cryptique plaisanterie astrale n'avait aucun effet sur son potentiel client, le vendeur se mit à lui expliquer qu'après la chute de celui dont on ne devait pas prononcer le nom (son sourire se heurta à l'impassibilité du visage de l'étranger, qui aurait voulu l'aider à enclencher la première étape de son chantier buccal en lui arrachant d'un seul coup ses dents pourries), Gatica s'était vu retirer sa licence de boxe, d'où le fait qu'il devait maintenant pratiquer dans des lieux clandestins, et en utilisant des moyens peu orthodoxes pour faire sa publicité. Désormais, il ne combattait plus pour aucun titre officiel, il combattait pour survivre et nourrir sa famille, finit par dire l'homme, avec un pathétisme pudique, et cette image toucha une corde sensible chez Klement, lui qui avait également arrêté de se battre pour une noble cause, afin de se battre pour lui-même et pour tous les autres tombés en disgrâce.

– Deux puissances se saluent, lança le vendeur, répétant la phrase historique que le boxeur avait dite à Perón ; puis il lui tendit la main, une fois l'argent empoché.

Après une pizza et de la bière, consommées debout dans un bar de Corrientes qui semblait avoir plus de photos, d'affiches et de bannières sportives que d'espace au mur pour les accrocher, Klement appela Vera d'une cabine téléphonique, pour la prévenir de ne pas l'attendre pour le dîner. Il avait fait cela dans cet ordre, et non l'inverse, car elle se plaignait toujours qu'il ne l'emmène jamais au restaurant, et il voulait pouvoir lui dire, sans mentir, qu'il avait déjà dîné et que cela n'avait donc aucun sens de se disputer à ce propos, ce qui en effet ne manqua pas.

Comme le combat commençait assez tard, il envisagea d'aller d'abord au théâtre Colón, en se disant que, s'il était trop mal habillé même pour une place bon marché dans ce qui s'appelait ironiquement le poulailler, il l'était en revanche trop bien pour assister à ce match de boxe dans un taudis sans autorisation. Mais il ne put corroborer l'étrange logique de ce mécanisme compensatoire car le théâtre était fermé pour cause de grève, sans doute en lien avec les tensions entre péronistes et non-péronistes. Tout en Argentine semblait tourner autour de cette différence, que Klement ne parvenait toujours pas à bien comprendre, pas plus qu'en définitive il ne savait quel camp choisir. Cette impardonnable indifférenciation, qui pouvait presque passer pour criminelle, lui rappelait celle des Hollandais sur la question juive. Tandis que la Hongrie leur avait servi ses Juifs comme de la bière amère et qu'en Roumanie les SS devaient calmer les gens pour que, par pur enthousiasme, ils ne les tuent pas à coups de pelle en pleine rue, en Hollande ils ne faisaient pas la différence entre Hollandais juifs et Hollandais non juifs, mais entre Hollandais et non-Hollandais. Klement comprenait cette neutralité dans les pays nordiques, où il y avait si peu de Juifs que l'on ne pouvait pas parler de problème, mais en Hollande, avec tous ces Israélites parmi les habitants, et au moins autant dans les nations limitrophes, qui attendaient le moment opportun pour s'approprier le pays et le continent, cette intransigeance l'avait complètement bluffé. C'était comme s'ils ne faisaient pas le distinguo entre les hommes et les femmes, ou les vivants et les morts ; de là à ne plus être capable de rien distinguer, et donc de raisonner, il ne pouvait y avoir que moins d'un pas.

Il arriva tôt au club où était organisé le combat clandestin, situé dans un hangar près du Riachuelo, et découvrit avec plaisir qu'une première partie s'y disputait déjà. Les murs hauts et sales, le toit de tôle trouée, la faible lumière des lampadaires, la fumée des cigarettes, le brouhaha, le public très nettement masculin et la sensation concomitante qu'à tout moment la lutte sur le ring pouvait s'étendre à la salle lui rappelèrent aussitôt les meetings auxquels il assistait, jeune homme, dans son uniforme brun taillé sur mesure, quand les nazis étaient interdits en Autriche et que ce qui commençait par des discours finissait invariablement à coups de poing et de chaises avec leurs cousins communistes. Le souvenir de ces glorieuses *Saalschlachten* le fit soudain rajeunir, lui donnant envie de casser des nez, même si cela devait être moins amusant sans uniforme. Pour le moment, il tâcha d'entrer dans l'ambiance en commandant de la bière, deux verres d'un coup. Comment se faisait-il que personne dans ce pays, péroniste ou antipéroniste, ne se soit jamais rendu compte qu'un verre de moins d'un litre n'était pas un récipient qualifié pour recevoir de l'alcool ?

☆☆

– Bonjour, Nicolás est là ?
– *Wer sucht ihn*[1], s'il vous plaît ?
– Silvia, *eine Freundin*[2].

---

1. Qui le cherche ?
2. Sa petite amie.

Dans la cour de derrière, Klement écoutait, sur le qui-vive depuis qu'il avait entendu sonner, ce qu'aucun de ses voisins n'aurait osé faire, car c'était à peine s'ils se saluaient ; au mieux cela pouvait arriver au facteur, quand un paquet ne rentrait pas dans la boîte aux lettres, chose impensable un dimanche midi. S'il ne se rappela pas le prénom, il comprit aussitôt qu'il devait s'agir de l'ex-petite amie juive de son fils, celle dont le père s'appelait Hermann, que Klaus n'avait jamais réussi à séduire et qui était allée vivre dans la pampa. Klement avait dit à son fils de l'inviter chez eux quand elle le voudrait, mais visiblement cela n'avait jamais été le cas. Qu'est-ce qui pouvait bien l'amener ici maintenant, des années plus tard, pile quand Klaus venait de se marier avec sa première fiancée tucumanienne ?

Il sortit du hamac et se rendit dans la cuisine, où Vera le mit au courant de ce qu'il avait déjà deviné. Klaus était sorti faire des achats et devait rentrer d'un moment à l'autre, ne serait-ce que pour passer prendre son père et aller à San Fernando, où les attendaient Dieter et Horst, qui travaillaient sur le chantier de la maison depuis l'aube. Il était resté pour accompagner Vera à l'église de la Plaza Olivos. Si son épouse avait renvoyé la jeune fille sans ménagement, peut-être que Klement aurait pu jouer les naïfs, car après tout ce n'était pas lui qu'elle cherchait, mais refuser de la laisser entrer après qu'il avait été consulté revenait à se cacher ; rien de plus idiot, maintenant que leur repaire était découvert.

Avec un peu de curiosité et beaucoup de peur, comme quelqu'un qui savait qu'il allait commettre un impair qui pourrait lui coûter cher, mais conscient qu'éviter ce risque pouvait le condamner directement, Klement ouvrit la porte que sa femme avait laissée entrouverte et invita la visiteuse inattendue à entrer, avec un geste à la fois servile et péremptoire, auquel la jeune femme réagit en reculant, comme effrayée. Ils se regardèrent fixement pendant une longue seconde. Jolie femme, félicita-t-il intérieurement son fils. On voyait que l'assimilation l'avait améliorée, en tout cas elle ne présentait aucune des diformités typiquement juives, hormis peut-être des taches de rousseur presque imperceptibles sur les pommettes. Elle portait des chaussures vernies sans chaussettes et une jupe en satin marron qui lui arrivait aux genoux, une chemise en soie bleu boutonnée jusqu'en haut et un gilet en laine bleu qui faisaient ressortir plutôt qu'ils ne couvraient ses seins généreux. Elle semblait plus adulte que ce que Klement avait imaginé, presque une femme, peut-être était-elle d'ailleurs sur le point de se marier et voulait inviter son fils à la noce ; les femmes avaient ce genre d'accès qu'elles-mêmes ne comprenaient pas.

– Vous êtes l'oncle de Klaus ? lui demanda-t-elle en allemand, sans bouger.

Klement acquiesça très doucement, songeant que c'était là ce que les Argentins appelaient une *macana*, et qu'il ferait mieux de soumettre cette fille par la force, l'étrangler le plus vite possible puis brûler son corps sur la *parrilla*. Mais son épouse était à la maison, veillant sur le petit Ricardo, « Hasi », qui dormait dans son berceau.

– Klaus va bientôt rentrer, voulez-vous l'attendre à l'intérieur ? insista-t-il malgré tout.

– Je ne veux pas déranger.

– Vous ne dérangez pas.

Ils se fixèrent à nouveau. Klement ne se fit aucune illusion sur le fait qu'elle puisse le trouver attirant comme lui la trouvait attirante. Il était évident qu'en le regardant, la jeune femme visualisait aussi une photographie de lui vieille de quinze ou vingt ans, en essayant de déterminer si c'était ou non la même personne. Il se demanda d'où elle avait pu sortir une photo de lui, puisque Vera les avait toutes brûlées quand il le lui avait demandé à la fin de la guerre, et que depuis il ne s'était pas beaucoup laissé photographier, du moins pas dans des situations où l'on aurait pu savoir qui apparaissait sur l'image. Surtout depuis l'assassinat de Heydrich, Klement avait fait très attention à ce que personne ne retienne sa physionomie, et il était même allé jusqu'à briser l'appareil d'un potentiel photographe, avant de le dédommager. Avait-on retrouvé un cliché de lui dans un dossier qu'ils auraient oublié d'envoyer à Theresienstadt pour le réduire en poussière dans le crématorium ? Très peu probable. Ils s'étaient consacrés à cela pendant des semaines avant la capitulation, tandis qu'en parallèle ils confectionnaient de nouveaux papiers pour tout le monde. Lui aussi s'était vu offrir une identité vierge de tout passé, pourtant il avait répondu qu'il ne devrait pas son salut à de la paperasse froissée mais à son pistolet Steyr, et que lorsqu'il se trouverait dans l'impasse, celui-ci serait son dernier médicament. À cette occasion, ou à une autre semblable, Müller avait été si impressionné qu'il le félicita : « Si nous en avions eu cinquante, des comme vous, nous aurions automatiquement gagné la guerre. »

Cette déclaration de son chef, qu'il se rappela toujours avec une fierté particulière, même lorsque son destin malheureux l'obligea ensuite à se forger une nouvelle identité (ce jour-là, c'était son âme qui avait parlé, peu importait si cette conviction ne durait qu'un temps, en termes de morale, elle valait pour l'éternité) ; cette déclaration presque d'amour de la part d'un supérieur, donc, ajoutée sans doute au souvenir de la ruse dont avait fait preuve Wiesenthal, le chasseur de nazis, pour découvrir le stratagème de Vera qui avait essayé de le déclarer mort, le mit alors sur la piste d'une réponse : la seule photographie que des services de renseignements particulièrement doués auraient été susceptibles de retrouver ne pouvait être que celle où il posait en uniforme, jeune et beau, en regardant sensuellement l'objectif tel un acteur de cinéma, qu'il avait l'habitude d'offrir à ses maîtresses pour qu'elles ne l'oublient pas lorsqu'elles étaient auprès d'autres amants. Avec un mélange de lâcheté féminine et d'outrecuidance masculine, il se demanda laquelle de ces femmes avait été son talon d'Achille. Maria ? Mitzi ? Ingrid la Hongroise ? Margrit ? Que ce soit en tant que maîtresses, et encore moins en tant qu'Allemandes, il ne pouvait imaginer aucune d'entre elles le dénoncer volontairement, et il préféra donc penser que la photographie était tombée aux mains d'un espion ennemi, un homme aux yeux clairs et doux comme les siens, avec lequel elles avaient partagé des confidences beaucoup plus préjudiciables qu'un lit. Faire ce travail ne l'aurait lui-même aucunement dérangé ! En son for intérieur, il les pardonna toutes pour leur faiblesse.

– C'est que je dois y aller, répondit la fille, en totale incohérence avec son arrivée, à peine une minute plus tôt.

Klement fit une moue peinée, pensant que pour reconnaître une personne, il fallait sûrement au moins autant de temps, voire plus, que pour établir une communication téléphonique, et qu'il était donc encore temps pour lui de ne pas rester gravé dans la rétine de cette demoiselle. Mais il ne devait pas se précipiter, au contraire, il devait faire semblant d'être calme, d'autant plus calme que la tension montait à l'intérieur de lui. Après tout, il ne se passait rien de spécial. En tout cas, rien de plus spécial que lorsqu'il apposait sa signature sur un document précisant à quelle heure devait partir un *Transport* pour Auschwitz ou Treblinka et que le crissement de sa plume sur le papier se perdait parmi les autres bruits du bureau.

Mais pour finir, contre toute jugeotte, il referma la porte un peu trop précipitamment. Pas tant que ça non plus, essaya-t-il de se rassurer. Il venait d'être reconnu par quelqu'un qui n'aurait pas dû le reconnaître ; or qui savait ce que cette personne ferait de cette information ? La vendre, certainement, car il savait que sa tête était mise à prix. Pourtant, il valait mieux que cet aveugle qui avait envoyé sa fille vérifier l'identité du fugitif sache que rien ne serait plus difficile pour lui que de toucher cet argent. S'ils finissaient par l'attraper, la moitié du monde prétendrait l'avoir signalé en premier et les Juifs en profiteraient pour ne récompenser personne, même s'il était l'un d'entre eux.

Il retrouva sa cour et son hamac, et rouvrit le livre qu'il était en train de lire, ou plutôt de détruire à force de le souligner, de le raturer et d'écrire dans les marges. Il s'agissait de *Die letzten Tage der Reichskanzlei*, de Gerhard Boldt, un pamphlet d'autant plus indigne qu'il avait été écrit par un camarade. Klement ne cherchait qu'à pouvoir le réfuter devant Sassen, un Hollandais qui, contrairement à ses concitoyens, comprenait tout à fait la question juive, avec lequel il avait commencé à s'entretenir en enregistrant leurs conversations, qu'ils pensaient faire publier en volume. Crayon en main, il traquait la niaiserie suivante, afin de la commenter dans la marge par une belle insulte, mais il avait du mal à se concentrer.

Il posa son livre, s'alluma une cigarette, enleva ses chaussures qu'il portait sans chaussettes et entreprit de se couper les ongles de pied avec le petit outil offert par Vera, après qu'il l'avait fait saigner en lui donnant un coup de griffe pendant son sommeil, sans doute en plein cauchemar. Tandis qu'il rognait peu à peu la corne courbée de ses orteils, moins par souci esthétique que par crainte d'irriter ses cuticules, il pensa que ce qui venait de se passer n'était peut-être pas une si mauvaise nouvelle que cela, du moins pour son livre, dans lequel il allait corriger les mensonges, non seulement des vainqueurs revanchards mais aussi de ses propres coreligionnaires, les pires de tous, bien entendu. Son pacte avec Sassen consistait à le faire publier anonymement, en échange d'une coquette somme, évidemment, mais après cet incident, il était en droit de penser qu'il pourrait finalement le signer, voire y faire figurer son portrait (celui qu'il offrait à ses maîtresses, car de toute façon, sur les photos, pas un seul auteur ne mentait pas sur son âge). Rien de ce qu'il avait écrit jusqu'à présent n'avait été imprimé, et maintenant que cette éventualité était plus envisageable que jamais, il ne voyait pas pourquoi ses mots auraient dû apparaître sans son nom. Il se souvint qu'il avait lui-même encouragé Klaus à persévérer dans cette relation, justement pour que finisse par arriver ce qui venait d'arriver, bien qu'à l'époque il n'ait eu aucun livre en tête, tout cela faisait partie du même projet. Peut-être que le meilleur des repaires serait pour lui les flashes de la célébrité.

Il n'arriva pas à finir de se couper les ongles à cause de la fumée qui envahit soudain la cour, s'échappant des deux cheminées voisines. Ce qu'il pouvait détester cette coutume argentine de manger de la viande grillée le dimanche, ou n'importe quel jour d'ailleurs, polluant avec leurs braises l'air de tout le quartier. Si au moins ils avaient pris la peine de fabriquer des cheminées un peu plus hautes. Personne ne leur demandait qu'elles soient comme celles d'Auschwitz ; qu'ils se contentent de faire en sorte que la fumée parte vers le haut, et ce serait déjà suffisant. Mais non, il semblait qu'ils en fabriquaient de si minuscules dans le but délibéré de montrer, par leur fumée, les morceaux de vache qu'il cuisaient à la braise pendant des heures et des heures. Pauvre de lui, celui qui avait laissé son linge sécher sur la corde, ou qui comptait faire une petite sieste au soleil. Même fumer tranquillement une cigarette ne vous infligeait pas un tel nuage de monoxyde et de graisse qui, les jours comme celui-ci, imprégnait la peau comme une pommade. De tels holocaustes en l'honneur de Dieu savait quel démon de la nutrition ôtait à Klement jusqu'à l'envie de manger de la viande, déjà toute relative depuis qu'on l'avait emmené visiter un abattoir aux halles de Liniers. Voir autant de vaches parquées ou se déplaçant en troupeau vers l'abattoir, avec ces regards strabiques de Juifs déconcertés au moment d'être *mis en wagons* était un spectacle qui lui coupait l'appétit. Klement chercha refuge à l'intérieur de la maison, pensant que cette comparaison était particulièrement pertinente maintenant que les vaches le poursuivaient à son tour afin de le juger pour des délits inexistants, ou du moins si peu délictueux dans son pays à l'époque ; comme le serait, dans celui-ci, le fait de manger de la viande.

Il mastiquait un *alfajor* maison à la maïzena et à la confiture de lait, sa gourmandise locale préférée, lorsque Vera apparut, avec dans ses bras le petit Hasi, en pleurs. Klement le prit dans les siens, le souleva, lui souffla sur le ventre pour le faire rire, le posa à terre et partagea avec lui sa dernière bouchée d'*alfajor*. Vera voulut le lui enlever, arguant qu'il n'avait pas encore mangé, ce à quoi Klement objecta que si c'était le déjeuner du père, ce pouvait être aussi le déjeuner du fils. Le petit garçon partit en courant avec son butin en direction de la fumée et Vera éclata en sanglots sans bouger, sans même se retourner ou se cacher le visage. Klement détestait quand elle faisait cela, comme si elle l'accusait en silence d'avoir commis un crime, et il eut envie de la gifler. D'ailleurs, il ne se contenta pas d'en avoir envie.

– Pourquoi tu me frappes ?

Vera s'abstint volontairement de ne pas porter la main à sa joue rougie.

– Au moins, comme ça, tu as une raison de pleurer. - Klement attrapa une pomme pour compléter son déjeuner.

– Je veux savoir qui est cette fille.

– Une amie de Klaus, c'est toi-même qui me l'as dit.

– Je veux savoir qui elle est vraiment.

Le temps nous le dira, mais son visage est celui d'un bourreau, pensa Klement. En tout cas, c'était la fille de la justice, et en l'occurrence, la justice était aveugle.

– Épargne-moi ta comédie, *ich bitte dich*[1], lui répondit-il, se réjouissant de voir qu'il avait rendu jalouse sa femme sans raison, de façon absurde ; seule une épouse complètement soumise à son mari depuis plus de vingt ans pouvait croire qu'il avait des chances de la tromper avec une jeune fille que même le plus séduisant de ses fils n'avait pas réussi à avoir.

Ils entendirent une voiture se garer dans la *calle* Chacabuco et pensèrent que ce devait être Klaus ; Vera se hâta de sécher ses larmes avec son tablier de cuisine. Les secondes passèrent sans que leur fils franchisse la porte et Klement en conclut qu'il avait dû s'agir d'un voisin. Ou bien du véhicule des services secrets qui avaient fourni la photographie à la jeune femme et qui venaient le chercher, peut-être Wiesenthal en tête. Mais cela ne semblait pas non plus être le cas, conclut-il après une minute d'attente angoissée. La joie de se savoir sauvé, du moins momentanément, ajoutée à la tendresse qu'avaient éveillée la jalousie asymétrique de son épouse et la culpabilité de la savoir pas totalement infondée, de même que l'éventualité de quitter un temps sa cachette qui n'en était plus une, sous le prétexte idéal de céder à un caprice de son épouse, et pour finir, la confiance que lui donnait le fait d'avoir réussi à travailler pour Orbis, l'entreprise de poêles à gaz dans laquelle avait investi le père de Gregor, après l'échec de l'élevage de lapins – tout cela réuni lui donna une idée.

– J'ai repensé à cette histoire de Mar de Plata et je crois qu'on a assez de sous pour s'offrir *una escapada*.

Il avait employé l'expression en espagnol, faute d'en trouver la traduction dans sa langue, même si elle ne correspondait pas tout à fait, dans ce cas précis, à la réalité.

– On pourrait partir dès demain matin, vu que je ne commence pas chez Orbis avant le début du mois.

1. Je t'en supplie.

De nouveau, ils entendirent freiner un véhicule qui – le grincement de la portière était formel – ne pouvait être que la camionnette de Klaus. Klement sortit précipitamment pour que sa mère n'ait pas le temps de lui proposer de manger quelque chose. Une fois installé dedans, son fils lui fit l'inventaire de tout le matériel qu'il avait acheté sur le compte de sa mère, qui se servait de son nom de jeune fille, ou plutôt de divorcée, car rien ne devait établir de lien entre le lieu de résidence de Klement et son vrai ou son faux nom. Tandis que Klaus lui racontait ses exploits à prix cassés, Klement se demandait s'il devait lui parler ou non de la visite de cette fille ; comment s'appelait-elle déjà ? Silvia, se rappela-t-il soudain. D'un côté, Klaus aurait sans doute aimé savoir qu'elle ne l'oubliait pas, et qu'elle regrettait peut-être de ne pas avoir cédé à ses avances. De l'autre, restait la possibilité que son fils comprenne qu'elle n'était pas venue par nostalgie, mais dans le but caché de vérifier si son patronyme n'était pas en fait celui de ce soi-disant oncle qui vivait avec sa mère. Et qu'il réalise qu'il avait involontairement livré son père. Si toutefois il arrivait à faire le lien, ce dont Klement doutait ; lui ou ses autres fils, d'ailleurs, car il avait certes conçu de beaux enfants, mais peu enclins à faire fonctionner leur cerveau, si bien que le père fondait tous ses espoirs dans le petit dernier. À la seule perspective que Klaus puisse un jour découvrir, même avec l'aide d'autres personnes, qu'il était coupable de la disparition de son père, enlevé par une opération judaïque, pourrait lui ruiner l'existence ; aussi décida-t-il de ne pas lui en parler. Il prit mentalement note de prévenir Vera d'en faire de même, c'est-à-dire de lui en donner l'ordre, sans bien sûr évoquer devant elle des questions de sécurité, hormis celle de la vie amoureuse du jeune homme qui venait de convoler.

– Et ma belle-fille, comment va-t-elle ? demanda Klement, qui n'avait qu'une seule envie : apprendre qu'il allait être grand-père.

– Elle nous a préparé des *empanadas* typiques de Tucumán, fut la première réponse que Klaus trouva en magasin.

– Je vous ai déjà dit qu'il faut travailler l'estomac léger.

– Non, enfin, oui, je sais. C'est pour après.

En regardant à travers le pare-brise la ville se diluer vers le nord en banlieues de plus en plus périurbaines, Klement eut simultanément la sensation de fuir vers l'inconnu et d'aller à sa propre rencontre. C'était comme si sa dernière tanière, la première maison qu'il avait eue de sa vie, installée au-delà du monde civilisé, y compris pour les habitants cette modeste version de l'est qu'était Buenos Aires, était aussi, et peut-être même depuis longtemps, l'endroit où ses poursuivants l'avaient conduit pour l'attraper dans leurs filets, comme l'avait prévenu Gregor. Le docteur était parti au Paraguay, d'autres avaient rejoint le Chili, lui-même avait pensé un temps se servir de l'Amérique du Sud comme tremplin pour le Moyen-Orient, et cependant, il était encore là, se dirigeant sans armes vers ce qui pouvait être sa tombe, comme ces Juifs qu'il avait vus monter à moitié nus, presque volontairement, dans le camion où les attendait la plus atroce des morts.

Il s'alluma une cigarette en secouant la tête. Certains jours, tout le ramenait au passé, même quand personne ne débarquait chez lui pour le lui rappeler. Il pouvait s'écouler des semaines et des mois durant lesquels il n'y pensait presque pas, jusqu'au moment où tout lui revenait à l'esprit dès la première heure du jour, comme s'il se réveillait dans un autre temps, et que la réminiscence devenait cet étrange présent par lequel il devait transiter. Le fait que cela lui arrive plus fréquemment devait avoir non seulement un rapport avec la visite suspecte de cette Juive, ou demi-Juive, mais aussi avec le livre qu'il enregistrait chez Sassen, et qui l'obligeait à revivre chaque étape de son travail à l'Office central de la sécurité. Il en conclut que c'était là que résidait la racine de sa paranoïa. Car concrètement, cela faisait presque dix ans qu'il habitait sans problème dans ce pays et qu'y vivre tranquillement dix de plus ne le dérangerait pas.

– Et mon petit-fils, c'est pour quand ? demanda-t-il, se voyant vieillir dans ce vertige horizontal où tout pouvait se voir à des kilomètres de distance, car dans la pampa, même la terre semblait oublier sa tendance au relief afin de n'opposer aucun obstacle à la vue ; c'était le dernier endroit où quiconque aurait songé à se cacher, et par conséquent, la meilleure des cachettes.

– C'est ce que je lui demande tout le temps, répondit Klaus, presque honteux. Mais crois-moi, papa, on essaie.

Klement acquiesça, aussi satisfait de savoir qu'ils essayaient que de constater que son fils continuait de lui obéir bien que marié, de même que lui avait suivi les ordres du Führer alors qu'à la maison c'était Vera qui commandait. Bien sûr, ce n'était pas pour satisfaire Dieu savait quels instincts de domination dont il n'était pas pourvu. Il le faisait pour ses fils, justement pour qu'ils n'aient pas le même destin que lui. Avoir un père pour seul guide dans la vie leur épargnerait les migraines que lui avait eues en devant s'en choisir un autre.

Ils arrivèrent à la gare de Bancalari, à l'ouest du district de San Fernando, où il y avait un cimetière de la communauté juive séfarade, un voisinage qui ne dérangeait pas Klement, au contraire : il n'y avait pas meilleur voisin juif qu'un voisin juif mort. Ils tournèrent à droite par la route 202 qui, malgré son nom ampoulé, comme ces hôtels à trois étages où les numéros de chambres passent de 1 000 à 2 000, n'était qu'une route à deux voies timidement asphaltée. En tournant de nouveau à droite, quelques centaines de mètres plus loin, ils empruntèrent un chemin de terre sans trottoirs ni lampadaires, ni aucune manifestation de civilisation, hormis son nom, Garibaldi, tout aussi abstrait, car aucun panneau ne l'indiquait. Au milieu de la première *cuadra*, au 14 d'une numérotation tout aussi idéaliste, puisqu'il n'y avait que deux bâtiments, se dressait la maison rectangulaire que Klement avait dessinée et construite avec ses fils. Les fondations se trouvaient à 1,4 mètre de profondeur, soit un mètre de plus que le nécessaire pour une construction de cette taille, les murs étaient formés par une double rangée de briques, une exagération qui n'aurait été pardonnable que sur un site sujet aux mouvements tectoniques, avec dessous une large plateforme de béton pour faire face aux risques d'inondation qui, à quelques mètres de la rivière Reconquista, provenait moins des pluies que des crues et des nappes phréatiques. Massive et presque informe sous son toit d'ardoise, avec plusieurs côtés sans fenêtre, nul n'aurait pu ne pas reconnaître dans cette maladroite édification la silhouette caractéristique d'un bunker, si ce n'était que dans ce pays, personne n'en avait jamais vu. Un appentis en bois situé à quelques mètres de la maison et un habitacle en contreplaqué faisant office de toilettes extérieures complétaient les installations, délimitées, avec ce qui deviendrait le jardin, par un petit muret de briques surmonté d'un fil barbelé.

Sans avoir besoin de les appeler, ses deux autres fils sortirent du bâtiment, où ils abattaient des murs, et vinrent l'aider à porter les sacs de ciment, de chaux et de sable, les briques, le bois et quelques outils pour remplacer ceux qui avaient déjà rendu l'âme en faisant leur devoir. Voyant l'avancée de son bunker, Klement ressentit la nostalgie des débuts, quand il n'y avait encore rien et qu'ils avaient commencé à creuser à la pelle le trou pour les fondations ; stade qui avait duré un certain temps. Il savait que le plus dur restait à venir, qui n'était pas tant la construction en soi, pure équation matérielle, équilibre basique, mais les espaces intérieurs, pleins de décisions subtiles, de possibilités contradictoires, de dangereuses irrégularités et de petits recoins. Ce n'était pas pour rien que Dieu nous avait fait à son image uniquement de l'extérieur ; le reste, Il l'avait laissé à la convenance (et à la chance) de chacun.

Il leur hurla des ordres, quand bien même ces derniers auraient eu autant de portée s'il les avait murmurés, et termina avec son plus parfait exemple de *Massenwörter* : « Le travail libère ». Ce n'était pas du cynisme : il se mit aussitôt à travailler de concert avec ses fils, au point de leur imposer son rythme. Une fois qu'il se retroussait les manches, on ne voyait plus qu'il était leur père, ni qu'il avait dépassé la cinquantaine. Il fut envahi d'une énergie qui, les heures passant, semblait le faire grandir plus qu'il ne le fatiguait et que les garçons avaient parfois du mal à suivre. C'étaient des adolescents, ils ne pensaient qu'à s'amuser, et à leur âge il n'était pas différent, aussi ne le leur interdisait-il pas non plus, pourvu que le samedi et le dimanche ils soient debout à 8 heures du matin pour préparer de l'enduit et empiler des briques.

Vers 16 heures, il se mit à pleuvoir, tout le monde espérait que l'architecte mettrait fin à cette journée de travail, mais il se contenta de leur demander de se couvrir avec les bâches en plastique qu'il n'avait quand même pas achetées pour rien ; à moins d'un déluge, il n'y avait aucune raison de prendre du retard sur le programme, déjà planifié jusqu'au dernier jour. Le ciel approuva sa décision, se dégageant deux heures plus tard en leur apportant une fin de journée pleine de nuages, dramatique, du côté où Klement prévoyait de planter les arbres fruitiers et d'installer le poulailler. Il décréta alors que cela suffisait pour ce week-end et les envoya nettoyer les pelles, les bennes et les seaux pendant qu'il fumait une cigarette, se récapitulant les avancées et planifiant les travaux pour la semaine suivante. Il dut renvoyer Dieter nettoyer la plaque sur laquelle ils préparaient l'enduit, en le réprimandant d'une petite tape comme celle qu'il lui avait donnée quand il était tout petit, en guise d'au revoir avant d'entrer en clandestinité, convaincu que la meilleure chose qu'un père pouvait transmettre à son fils restait le sens de la discipline. Une conviction involontairement renforcée, supposa-t-il, par le souvenir de la personne à qui il devait son prénom, Dieter Wisliceny, l'homme auquel il devrait véritablement sa disgrâce, bien plus qu'au Juif aveugle, si jamais il tombait aux mains des Israéliens, et qui gardait envers Klement la rancœur d'avoir finalement fait à sa place ce voyage au Moyen-Orient, alors que son rang aurait dû le lui réserver.

Ils finirent par s'asseoir tous ensemble sur le rebord de la plateforme pour manger les *empanadas* à la viande préparées par la belle-fille et future mère de ses petits-enfants. Tout en mâchant, il se dit que ce serait là un bon endroit pour mettre la *parrilla*, que n'importe quel Argentin aurait installée avant même d'avoir construit le reste, afin de pouvoir manger ses *asaditos* tout en faisant ses travaux. Mais pas lui, certainement pas. Sa maison serait la première du pays bâtie autour de l'absence de *parrilla*.

☆☆

La nuit tombait sur le quartier d'Olivos. Klement sortit de chez lui en mangeant une pomme avec son dentier de porcelaine flambant neuf, la première grosse somme qu'il dépensait pour lui-même depuis qu'il était arrivé ici, voire depuis qu'il avait l'âge de raison, car ni l'uniforme qu'il s'était fait tailler sur mesure lorsqu'il militait clandestinement avec les chemises brunes, ni les babioles qu'il avait ajoutées à la Mobylette de la Vacuum Oil alors qu'il était représentant pour l'*Oberösterreich*, ni aucune autre chose achetée depuis, y compris son billet sur le *Giovanni C*, ne pouvaient être considérés comme des cadeaux qu'il se serait faits à lui-même, ce qui était en revanche le cas de sa blanche et éclatante denture de porcelaine. Trouvant cette intervention excessive, le dentiste lui-même avait essayé de le convaincre de régler le problème avec une ou deux couronnes et quelques ponts dentaires. « Quand les dents de lait sont tombées, rien de tel que les dents de pinard », lui avait-il dit, sans que Klement n'arrive interpréter s'il s'agissait d'une maxime inventée par le dentiste ou d'un proverbe argentin, ou bien si cet homme avait identifié le liquide dans lequel ses dents étaient le plus souvent immergées, hormis sa salive. Quoi qu'il en soit, il refusa sa proposition, arguant que, s'il avait attendu si longtemps, ce n'était pas pour faire le travail à moitié, même s'il n'avait les moyens que pour celles du haut. Il avait dit cela avec emphase, tel un grand seigneur s'autorisant un grand plaisir, mais la raison profonde pour laquelle il avait tant tardé à se faire réparer la mâchoire était la suivante : il avait vu extraire les couronnes en argent et en or des cadavres des gens gazés quelques minutes plus tôt dans le camion. « Dieu fasse que nos ennemis ne nous infligent jamais la même chose que ce que nous leur infligeons », lui avait dit un jour Dieter Wisliceny ; et Klement de lui répondre que c'étaient les ordres du Führer et que cela ne servait donc à rien d'être sentimental. Mais visiblement, le sentimental, c'était lui.

Le trajet entre son domicile – ou plutôt son ancien domicile, car il en avait résilié le bail pour emménager définitivement à San Fernando – et chez Sassen était assez long, pas moins de quarante-cinq minutes d'un bon pas, mais la météo aidait, d'autant plus par une journée pareille, avec les jacarandas en fleur ; Klement préférait faire le chemin à pied, se récapitulant ce qu'il avait déjà raconté et préparant ce qu'il comptait dire. Même si cette fois, la dernière, il était tellement sûr de ce qu'il dirait qu'il se contenta de se demander dans quel ordre les choses s'étaient déroulées. Quand cela avait-il commencé, exactement ? Lorsque Sassen avait évoqué la somme d'argent qu'ils pourraient gagner avec le livre en vendant les droits à une maison d'édition états-unienne ? Ou lorsqu'il avait découvert que le nom de famille hollandais de ce cabotin persuasif, véritable acteur de son propre rôle, s'écrivait avec deux s, comme s'il cherchait à le faire obéir aveuglément à ses ordres ? Mais peut-être que le point de rupture face à l'insistance de Sassen était plutôt arrivé quand ce dernier lui avait raconté qu'il s'était fait envoyer un magnétophone depuis les États-Unis, exclusivement pour enregistrer ses paroles ?

C'était un RCA Victor à bobines apparentes, ce que Klement n'avait jamais vu, pas plus sans doute que le pays dans lequel il se trouvait. S'installer devant l'un des micros qui se branchaient à l'appareil, savoir que sa voix serait gravée pour l'éternité et s'entendre dans le haut-parleur incorporé étaient une expérience qui le fascinait toujours, malgré l'habitude, y compris quand il eut réalisé que, pour économiser de la bande, Sassen réenregistrait dessus dès qu'il en avait retranscrit le contenu, et que ces bandes n'avaient par conséquent d'éternel que leur capacité de réutilisation.

Klement avait beaucoup parlé à cet appareil, plus qu'à Sassen ou à d'autres, qui se joignaient parfois à ce rituel matinal du samedi, tous des anciens camarades curieux de savoir ce qu'avait à dire le plus important de ceux qui étaient encore en vie et qui ne voulait plus se cacher. Car si l'idée était toujours de publier cet ouvrage sans son nom, la question n'était plus d'en occulter le véritable auteur, dont les déclarations en dévoilaient clairement l'identité, mais de souligner sa condition de clandestin et d'en multiplier ainsi la diffusion et les ventes. Concernant la stratégie publicitaire, ils avaient même envisagé la possibilité que Klement écrive une lettre ouverte à Adenauer, signée cette fois-ci, dans laquelle il se mettrait à la disposition de la justice, à la condition toutefois que celle-ci soit constituée de juges allemands, ainsi que régie par des lois allemandes.

L'appareil, sans être un Grunding, faisait office de tribunal impartial, germanique, devant lequel l'accusé pouvait s'expliquer sans crainte des pièges et des arrière-pensées. Sachant que Sassen n'avait rien d'un juge condescendant, bien au contraire. Il l'avait même eu en lui lisant des extraits d'un livre critique sur le régime, sans lui dire que l'auteur était Dieter Wisliceny en personne, qu'on ne pouvait pourtant pas accuser de propagande juive aussi facilement que d'autres. Lui aussi avait cédé à l'embarrassante équivoque consistant à affirmer que l'ordre de la solution finale venait directement du Führer, sans qu'il y ait pourtant aucun document pour en attester, puisque sa parole valait plus qu'un simple gribouillage sur un morceau de papier. Ni Wim Sassen ni Eberhardt Fritsch, patron de Dürer Verlag et directeur de la revue *Der Weg*, pas plus qu'Erich Rajakowitsch (le collaborateur de Klement en Hollande), ni aucun de ceux qui étaient présents lorsque le sujet avait été soulevé (Klement n'aurait d'ailleurs pas forcément su dire qui ils étaient ; il savait juste que le docteur Gregor ne venait jamais, lui reprochant de chercher à se faire de la publicité en mettant en péril tous ceux qui se cachaient dans le pays, une accusation que Klement lui pardonnait seulement parce qu'il lui avait obtenu son poste actuel chez Orbis) ; ni Sassen, ni Fritsch, ni personne appartenant au cercle Dürer, auquel Klement venait d'être invité à se joindre mais dont il se sentait constamment exclu, passant du héros au paria à chaque souvenir exhumé de sa mémoire, à chaque chiffre mentionné sur la question juive et à chaque détail lui revenant tandis qu'il reconstituait la bureaucratie de l'extermination dans les douze pays sous la domination du Reich ; personne ici n'était prêt à entendre que Hitler aurait eu un lien avec le massacre des Hébreux, dont ils préféraient tous douter, sinon en termes de réalité, du moins d'amplitude.

– Je suis d'avis que l'initiative aurait dû venir du champ politique, du camp de Goebbels et Bormann, avait déclaré Klement, pour faire plaisir à ses interlocuteurs, et au passage, se mettre en sécurité, car son camp était celui de Göring, l'aile « gauche » du parti.

Au cours des entretiens, cet avis ne fut pas le seul à fluctuer en fonction du public, Klement faisant preuve d'une capacité d'adaptation qui ne cessait de le surprendre et - pourquoi ne pas le dire tout net ? puisqu'il n'y avait pas de magnétophone enclenché - de le flatter. S'il avait d'abord soutenu ne jamais avoir prononcé la célèbre phrase que Wisliceny lui attribuait, selon laquelle il aurait sauté en riant dans la tombe en sachant que cinq millions de Juifs l'avaient précédé, il avait ensuite admis que c'était vrai, tout en précisant qu'il ne faisait pas référence aux *Juden* mais aux *Reichsfeinde*[1]. Même si après tout, qu'étaient les Juifs, si ce n'était des ennemis du Reich ? N'est-ce pas ? N'étaient-ce pas eux qui, avec leur grande intelligence et leur don pour les affaires, avaient été les premiers à profiter du peuple allemand après le ruineux traité de Versailles ? N'était-ce pas le grand chef des sionistes, et premier président d'Israël, Chaim Weizmann, qui avait déclaré la guerre au peuple allemand en déclarant qu'ils lutteraient dans le camp des « démocrates » ? Comme si Hitler n'avait pas été choisi par le peuple à l'issue d'élections libres et transparentes ! Mais on pouvait aussi parler du Juif Grynszpan, qui avait assassiné le diplomate Ernst vom Rath à Paris, déclenchant par son acte barbare la colère compréhensible de la fameuse Nuit de cristal. Et si ces preuves de la perfidie sioniste ne leur suffisaient pas, qu'ils lui fassent le plaisir de lire *L'Allemagne doit disparaître !* du Juif yankee Theodore Kaufman, où l'auteur détaille leur

1. Ennemis de l'Empire.

projet d'éradication des quatre-vingts millions d'Allemands, sans compter ceux qui n'étaient pas encore nés.

– Son idée était de pratiquer une stérilisation totale, sauf pour les hommes et les femmes trop âgés pour procréer. Kaufman proposait déjà de découper l'Allemagne en encore plus de morceaux qu'elle ne l'est aujourd'hui, et d'interdire complètement la langue de Goethe.

C'étaient donc les Juifs qui avaient cherché leur propre extermination en proposant d'abord d'exterminer les Allemands, avait déclaré Klement devant un chœur de têtes approbatrices (même l'appareil semblait acquiescer avec son tic-tic discret !), ajoutant toutefois qu'il n'aurait pas été surpris d'apprendre que cette provocation avait justement été calculée pour susciter la réaction qui s'était ensuivie, dans le but d'éveiller la compassion internationale et d'obtenir leur État juif tant désiré.

– Même si cela peut vous sembler terrible, il nous faut envisager la possibilité que nous ayons été instrumentalisés par les Sémites pour préparer leur retour en Eretz Israel.

En s'enregistrant, Klement avait compris la pertinence de diffuser l'idée d'une trahison de la part des sionistes contre les assimilés, afin de laver la mémoire de son leader et de pouvoir la réinvoquer dans un hypothétique IVe Reich.

– En tout cas, je ne peux pas croire que Heydrich ou Himmler aient été liés d'une quelconque manière aux projets de l'ennemi.

Tout compte fait, en voyant les pionniers israéliens cultiver leurs légumes dans le désert, fusil à l'épaule, il était difficile de ne pas penser aux *Wehrbauern*[1], le rêve de Hitler post-victoire finale, lorsque serait venue l'heure de rebâtir l'Europe de l'Est, après la chute de Staline. D'ailleurs, tout comme les Allemands, les Juifs ne pariaient-ils pas sur le *BéBé*, comme Richwitz

1. Paysans-soldats.

appelait le *Blut und Boden*[1], en achetant petit à petit la terre des Palestiniens pour que leur race se l'approprie ? Les israélites savaient mieux que personne que la clé de la survie résidait dans la pureté du sang ; ce n'était pas pour rien qu'ils vivaient depuis des millénaires sans se mélanger aux peuples qui leur offraient le gîte, ou plutôt qui les toléraient sur leur territoire.

– L'orthodoxie et le sionisme ont permis la survie du judaïsme, avait expliqué Klement, prenant sa meilleure voix de spécialiste des questions judaïques. Qu'en aurait-il été des Juifs s'ils avaient eu la tiédeur des Indiens sudaméricains ? Qu'est devenu l'Indien, lui qui jadis dominait toute cette partie du monde ? Pendant que nos enfants jouaient à la poupée, les Juifs mettaient les leurs dans les *Talmud-Thora-Schulen* pour leur modeler le cerveau dès la plus tendre enfance.

Klement ne s'était censuré sur rien dans ce salon si accueillant, plein de livres, de disques et de tableaux, si bouillonnant de *Kultur*. Grisé par le bon vin, le tabac importé et les murmures d'approbation, il avait regretté que l'on appelle wagons à bestiaux ce qui était en réalité de simples wagons de marchandises, les mêmes que ceux qui emmenaient les soldats à la guerre. Il avait également révélé que, lorsque les Juifs arrivaient sur leur nouveau lieu de travail, on leur donnait d'abord à manger, et des outils seulement après, tandis que les soldats sautaient du train directement dans la tranchée sans avoir eu rien de chaud à se mettre dans le ventre. En général, on mangeait mieux dans les camps de concentration qu'au front, et il y avait même des bordels clandestins, voilà en quoi consistait la réalité des « gazés » pendant que les pères de famille allemands défendaient la patrie dans les froides steppes de Russie. Et ils avaient le toupet de se rebeller !

---

1. Sang et terre.

Même au cours de ce que l'on appelait les marches de la mort, il n'avait vu mourir personne, assurait Klement à son intervieweur, encore que celui-ci aurait sans doute préféré qu'il remette directement en cause leur existence. C'était lui qui avait été chargé de leur supervision et il n'avait vu que deux cadavres de personnes âgées, qui seraient mortes de toute façon rien qu'en se promenant en forêt par un dimanche de printemps. Les marcheurs n'avaient manqué de rien, au contraire, il s'était occupé personnellement de leur donner accès à des toilettes et à des sources d'eau potable tout au long de la route, de Budapest jusqu'à Vienne. Organiser cette marche avait été plus compliqué que de mettre en place les cinq cents *Transport* pour Auschwitz, mais c'était une question d'honneur. Klement avait encore fraîchement en tête le souvenir du train qui n'avait jamais quitté Paris, faute d'atteindre le nombre suffisant de Juifs apatrides pour le remplir. Mais aussi celui de cet autre train, plus honteux encore, dans lequel ils avaient réussi à faire expulser quelques Juifs du Danemark, mais qui avait dû revenir à son point de départ, sur ordre du ministère des Affaires étrangères, qui venait toujours fourrer son nez dans leurs opérations au nom d'un ridicule protocole diplomatique. Ces marches étaient une question d'honneur car il fallait montrer aux ennemis qu'ils n'arrêteraient pas d'alimenter les camps en matériel juste parce qu'ils bombardaient leurs voies de chemin de fer. Pourquoi, au lieu de saboter leurs mesures hygiéniques, ne se chargeaient-ils pas eux-mêmes de ces rebuts ? Même l'Argentine, ce pays totalement dépeuplé qui faisait presque la taille de l'Europe pour quinze millions d'habitants, n'avait pas voulu ouvrir ses portes aux élus de Dieu ! Même le Seigneur ne voulait pas d'eux dans Son royaume, et c'était bien pour cela qu'Il ne les avait pas laissés finir leur travail !

– Tous les gouvernements de la planète ont eu beau exécrer les mesures que nous avons prises, nous national-socialistes, quant à notre problème juif, et avoir tiré profit de ces mesures à des fins de propagande, déclamait Klement, aucun d'eux n'a été prêt à bouger ne serait-ce que la plus petite phalange de l'auriculaire pour régler une situation d'urgence qu'ils pleuraient amèrement avec des larmes de crocodile. Hypocrites. Porcs. Qu'ils aillent tous se faire foutre !

Klement tourna dans l'*avenida* Irigoyen en direction de la Panaméricaine. Le calme du quartier était absolu, comparable à celui d'une randonnée dans les Alpes autrichiennes, voire plus encore, sachant que le pays était plongé dans une nouvelle crise politique, après l'échec de l'assemblée à rédiger une constitution, et que le Président, un général au nom très amusant, Aramburu, comme sorti d'une comptine, s'était vu obligé de convoquer une élection démocratique, signe inexcusable de fiasco pour un gouvernement constitué *de facto*. Mais en Europe aussi, alors que la guerre faisait rage, certains jours et en certains lieux, on pouvait oublier ce qui se passait. La vie continuait, on redécouvrait Klement chaque fois qu'il rendait visite à sa famille, à Linz. Le monde était trop grand pour une guerre totale.

À mesure qu'il approchait de la capitale, les quartiers devenaient de plus en plus civilisés, organisés, de même que son discours au fil des semaines et des mois d'interviews. Malgré des sautes d'humeur naturelles, dues surtout à certaines provocations, comme lorsqu'on lui avait amené Ludolf von Alvensleben, qui non seulement était plus gradé que lui, et membre de la très renommée *Waffen-SS*, mais avait qualifié les déportations d'acte antigermanique, peut-être parce qu'elles ne lui avaient pas rapporté les dividendes qu'il récupérait d'habitude à la pointe du pistolet, en massacrant ; au-delà de ces moments de confusion et d'irritation, Klement avait réussi à trouver, avec le temps et la pratique, le ton juste pour son récit : celui des contes alpins de Peter Rosegger. La beauté virginale des forêts de Bohême, le silence plaisant de celui qui est seul au monde et dont les pensées sur le devenir de l'être viennent enrichir ce monde, tout cet univers idyllique de son enfance avait permis à Klement de survivre spirituellement à la guerre à Berlin, oubliant chaque nuit, par quelques minutes de lecture, les événements présents qui le contrariaient. Ce fut donc sur ce ton-là qu'il raconta à son auditoire qu'à l'occasion de sa visite au roi arabe Abdullah, durant son voyage en Palestine, on l'avait prévenu que si le monarque lui proposait de jouer aux échecs, malheur à lui s'il ne le laissait pas gagner ; ou encore qu'en visitant les vignobles de l'*Obersteutnant* László Ferenczy, tout près de Budapest, on l'avait accueilli avec un apéritif hongrois à base de petits morceaux de viande, de lard et d'anneaux d'oignon fin, le tout piqué sur un cure-dent ; mais aussi qu'en libérant ce sanatorium, qui lui avait ensuite valu une Croix de fer, la plupart des convalescents semblaient être à l'article de la mort, et pourtant, quand il avait voulu les emmener, tous s'étaient mis à marcher ; et cette fois où il avait fait halte dans une ferme avec sa petite troupe, on lui avait servi un litre de lait qu'il avait naturellement payé de sa poche, parce que « *Korrekt ist korrekt !* » ; et sa gifle à Löwenherz, avant de lui présenter ses excuses devant ses subordonnés ; ou encore le jour où il avait surpris un officier en train de donner des coups de pelle à un civil qui avait essayé de voler des provisions de l'armée, et auquel il avait expliqué qu'on ne frappait pas les civils : on les jugeait sommairement puis on les exécutait.

– Sur les questions punitives, le *Reichsführer* était très méticuleux, avait-il raconté à une autre occasion. Un édit permettait de punir des délits à l'intérieur des KZ, mais dans une certaine mesure, et uniquement de la main de la personne responsable de donner les coups de bâton, et ce toujours en présence d'un médecin et d'un seau d'eau. Le chef de section ne pouvait pas donner plus de douze coups de bâton ; le chef de la police secrète, vingt-cinq ; cinquante étant le châtiment réservé à Himmler en personne.

Il semblait contradictoire d'employer le ton du conte pour une geste aux dimensions bibliques comme celle qu'avait chantée le national-socialisme, la première grande bataille de l'Occident depuis les croisades du Moyen Âge, pour ne pas dire depuis les guerres Puniques ou le commencement même de l'humanité. Mais au fil des séances d'enregistrement, peut-être parce que ce petit cercle clandestin de camarades en cavale avait réveillé chez lui les mêmes sentiments de refuge et de transcendance qui l'avaient tant attiré chez ce minuscule parti interdit que lui avait fait connaître son ami Ernst Kaltenbrunner, Klement avait compris qu'il n'y avait que sur le ton du *Waldbauernbub*, cet enfant des campagnes semi-analphabète du livre de Rosegger, que les faits retrouvaient le caractère innocent et merveilleux, presque étranger à toute violence, qu'avaient eu au début les rêves patriotiques de ces jeunes gens idéalistes et romantiques, au-delà de la cruauté dont la réalité avait ensuite teinté ces mêmes faits, à cause de l'entêtement de l'ennemi et des trahisons des soi-disant Alliés, et plus généralement de l'hostilité d'un continent qui n'était visiblement pas assez mûr pour régler lui-même son plus gros problème. Y compris comme cela, sur son ton bucolique, aventurier, parfois même picaresque, le récit ne perdait ni de sa magnitude ni de sa pertinence, car nul ne sait donner autant d'envergure à ce qu'il raconte qu'un enfant. En infantilisant ainsi son récit, c'était comme si celui-ci prenait sa véritable dimension, tout en conservant l'aura première du temps où il n'était pas encore ce souvenir maculé par le monde, mais une image limpide de l'avenir.

Klement arriva au n° 2700 de la *calle* Libertad, elle était asphaltée et on y respirait un autre air, plus élégant, malgré le brouhaha sourd des voitures lancées à toute vitesse sur l'autoroute du nord, et il appuya sur la sonnette de cette maison de briques qui détonnait par le soin que l'on apportait à son jardinet. Saskia, la fille de Sassen, lui ouvrit la porte, c'était une demoiselle de dix ans qui l'accueillait toujours vêtue d'une petite robe impeccable, en lui tendant très poliment la main ; son père lui avait certainement dit avoir rencontré ce monsieur à Zur Eiche et que, maintenant qu'il leur rendait visite chaque semaine, il était devenu quelqu'un d'important. Il entra au salon penché vers l'avant, plus encore que dans sa posture naturelle de marche, une attitude tenant presque de la génuflexion et qui lui était restée après être trop souvent passé par les bureaux de Müller et Himmler ; mais ce jour-là, faute de képi, ce fut avec son chapeau à bord court entre les mains qu'il entra dans la pièce. Ce qu'il aimait le plus dans cette ambiance aux meubles modernes et aux rideaux lourds, c'était son odeur, ou plutôt son mélange d'odeurs, car on y reconnaissait l'arôme suave des graines de tournesol et des parfums importés, mais aussi celui des cendres refroidies dans l'âtre, des fauteuils retapissés et de la cire à lustrer le parquet. Et celle des livres, naturellement : cette odeur de papier recouvert de lettres qui sous-tendait toutes les autres en leur donnant un fondement, un volume.

– Un verre de vin ? lui proposa Sassen, pour l'accueillir.

– Volontiers, quand bien même ce serait mon dernier geste, répondit Klement en pensant que si on le condamnait un jour à la potence, la dernière chose qu'il ferait ne serait pas de fumer une cigarette, mais de boire une demi-bouteille de vin.

Fritsch se joignit à eux, il n'arrivait pas de la rue, mais des toilettes pour les invités, puis sonnèrent deux autres personnes, Pedro Geller et un autre Pedro, Pobierzym, mais dans son cas, il s'agissait de son vrai patronyme. Ils bavardèrent un peu avant d'enclencher le magnétophone, déjà posé sur la table basse, telle une Belle au bois dormant attendant qu'un baiser la réveille, du moins était-ce ainsi que Klement le voyait, lui qui avait développé avec cet appareil une relation particulière, intime. Sassen annonça qu'il attendait Konstantin von Neurath, cofondateur, avec le héros Hans-Ulrich Rudel, du *Kameradenwerk*, l'organisation secrète à laquelle les immigrés comme Klement devaient tant. Il avait promis de venir avec Josef Schwammberger, ancien commandant de plusieurs camps de travaux forcés aux alentours de Cracovie.

– Ils travaillent ensemble chez Siemens, expliqua Sassen. Mais mon petit doigt me dit que Neurath sera bientôt promu directeur.

Ils attendirent encore en buvant du vin, en mangeant des *Spekulatius* préparés par son épouse et en parlant de l'actualité politique. Pas celle de l'Argentine, car personne n'aurait osé exprimer un avis sur ce chaos permanent, pas même Sassen, qui avait écrit pour la revue *Life* un long papier sur Perón et Aramburu sans tirer aucune conclusion. Le sujet était Adenauer, réélu pour la troisième fois consécutive le mois précédent, à la majorité absolue. Comment le peuple allemand pouvait-il encore voter pour l'homme qui avait inventé cette infamie de *Wiedergutmachung* ? Sassen cita une lettre ouverte d'un Juif publiée dans *Der Weg*, qui révélait que les milliards de marks de compensation que le peuple allemand payait depuis des années avec ses impôts ne se retrouvaient même pas aux mains des Juifs s'étant plaint d'avoir dû vendre à perte leurs propriétés ou travaillé sans toucher de salaire pendant la guerre, mais venaient directement alimenter les caisses obscures du sionisme international. Même entre eux ils se volaient !

– Et cette lettre...

Pedro Geller semblait vouloir dire quelque chose, mais il s'arrêta pour ne pas avoir à terminer sa question, partant du principe que tout le monde ici connaissait la méthodologie utilisée par la revue pour défendre ses positions, par exemple concernant le sujet brûlant du nombre de Juifs morts sous le régime, pour lequel ils utilisaient toute sorte de statistiques farfelues et inventées, et ne se citaient, bien entendu, jamais les uns les autres dès qu'ils essayaient d'aborder sérieusement cette problématique ; mais comme personne ne semblait comprendre son intention, il dut ajouter :

– *Das heißt*[1], elle est authentique ?

– *Natürlich*[2] qu'elle est authentique ! s'excita Fritsch. C'est moi qui l'ai écrite !

La plaisanterie fut reçue par un éclat de rire général, y compris de la part de Klement, qui apprenait progressivement à ne plus avoir honte de montrer ses dents, mais cela ne parvint pas à dissiper les doutes, quant à l'authenticité de la missive comme à la véracité de son contenu. Le sentiment que celui-ci n'était pas vrai flottait dans l'atmosphère, telles des vapeurs de l'urine que Fritsch aurait répandue dans le sens contraire du vent.

– *Na ja*, nos amis n'ayant apparemment pas pu se soustraire à leurs obligations, commençons, déclara Sassen en enclenchant le magnétophone.

Au bruit du bouton blanc s'enfonçant dans la boîte marron, puis à celui de la bande sur la bobine Klement se redressa automatiquement et se râcla la gorge. Il attendit encore quelques secondes pour annoncer que, avec la permission du camarade Sassen, et puisqu'ils en arrivaient à la fin de cette entreprise, du moins parce qu'il estimait avoir dit tout ce qu'il avait à dire, il se proposait de rendre publiques quelques brèves réflexions générales, en guise de conclusion.

– Je voudrais d'abord dire que je n'ai aucun remords, annonça-t-il, bien qu'il ait prévu cela pour la fin. Ce serait très facile

1. Ça veut donc dire [qu'elle est authentique] ?
2. Naturellement.

pour moi de montrer que je regrette, de prétendre que Saul est devenu Paul.

La seule chose qu'il regrettait, poursuivit-il, était de ne pas avoir pu finir son travail. S'ils avaient vraiment tué ces dix millions trois cent mille Juifs figurant dans le rapport que Korherr avait écrit pour Himmler en 1943, alors on aurait pu dire qu'ils avaient évité aux générations futures de le faire, elles qui seraient nées dans une Europe purifiée à jamais de ces sangsues apatrides. Hélas, cet objectif n'avait pas été atteint, parce qu'ils luttaient contre un ennemi que les milliers d'années d'instruction et d'entraînement avaient rendu intellectuellement supérieur.

– Éons avant la fondation de Rome, ces gens-là savaient déjà écrire, et voici exactement la raison pour laquelle je souhaitais en finir avec eux.

Et illustrant ainsi la théorie de la supériorité de la race en abaissant l'intellectualisme au rang de tare, il faisait preuve, au fond, d'un regard inférieur.

– J'aurais pu et j'aurais dû en faire plus. Mais mon intellect et ma résistance physique n'ont pas été à la hauteur de la fonction qui m'a été donnée, sans parler de la malchance que j'ai eue en tombant sur ces hordes d'interventionnistes qui me mettaient des bâtons dans les roues pour sauver tel ou tel Juif. En tout cas, je suis en partie coupable du fait que leur élimination réelle et complète, tel que l'avaient sans doute prévue les autorités, ou du moins tel que moi je l'avais en tête, n'ait pas pu être menée dans son intégralité.

Klement releva la tête pour mesurer l'impact de sa *captatio benevolentiae* au sujet de la défaite la plus douloureuse, la défaite raciale, mais ne trouva que ces éternels visages malveillants. Ce mépris pour son travail, même incomplet, lui rappela celui de Himmler qui, au moment de l'exposition sur les *Volksdeutsche* que le Reich avait réussi à rapatrier des pays annexés, avait refusé la proposition de Klement d'en consacrer une partie au travail inverse qu'il avait effectué : exporter des Allemands non ethniques ou des non-Allemands. Ne se rendaient-ils donc pas compte que c'étaient les deux faces d'une même pièce ? Nul ici n'ignorait que ce que le camp adverse appelait « lutte des classes » équivalait à ce qu'eux considéraient comme une « lutte des races », de même que personne ne semblait prêt à assumer les conséquences de cette lutte, ni sa place centrale dans le projet du Reich de mille ans. Ils réagissaient aux récits de Klement comme lui-même réagissait aux conséquences de ses *Transport* ; comme s'il était pour ces gens une fosse commune, une chambre à gaz, les flots de sang jaillissant soudain des profondeurs d'une fosse recouverte de terre, à la manière d'un immonde geyser rouge.

À cet instant, Klement comprit qu'ils oublieraient, exactement comme lui oubliait ce qu'il avait vu, du moins la plupart du temps. Ces gens-là ne capitulaient pas devant les faits, pas même devant les conséquences des faits. Mais lui non plus. S'ils ne voulaient pas s'en servir pour arriver à leurs fins, lui les utiliserait pour arriver aux siennes.

– Les actions et les pensées de l'homme sont déterminées par le *Zeitgeist*[1] dans lequel il vit.

Klement parlait posément et solennellement, donnant à chacun de ses mots le poids nécessaire pour voyager dans le futur, quand on récupérerait les bandes et que sa geste serait enfin écoutée, avec tous ses défauts mais aussi ses vertus.

– Mes actions et mes pensées ont été déterminées par la situation de mon peuple, corollaire de l'humiliant traité de Versailles, et par le serment qui me liait au Führer. Je me suis petit à petit convaincu de l'absolue nécessité d'une *Totaler Krieg*[2]. Pour nous,

1. « Esprit du temps ».
2. Guerre totale.

le dilemme était le suivant : la victoire, ou la disparition complète du peuple allemand. Il est probable que la posture subjective de mes homologues de l'autre bord était semblable à la mienne. La différence étant que nos prétendus crimes de guerre ont effectivement eu lieu dans le cadre d'une guerre, alors que les leurs se sont passés *après* la guerre. Quoi qu'il en soit, je préfère que mon insignifiante personne reste associée à un incident plutôt que de laisser l'impression que j'essaie de me sauver comme un rat. Si j'avais eu à diriger un camp de concentration, je l'aurais fait. Contrairement à bon nombre de mes anciens camarades, je veux, je peux et je dois dire et clamer devant tout le monde : nous, Allemands, avons rempli notre devoir, et par conséquent, nous ne sommes pas coupables.

IV B 4 b

À la troisième personne

Am Ende bleib ich doch alleine
Die Zeit steht still
Und mir ist kalt

– Elles sont arrivées, les ampoules des clignotants arrière pour la W111 ?

En entendant les pas dans le couloir, Klement s'était vite mis à archiver de vieilles factures, son excuse toujours disponible quand il devait faire semblant de travailler, et qu'il avait aussi utilisée pour s'éclipser de l'assemblée, un peu inquiet que celle-ci retarde le départ des bus de l'entreprise et le fasse louper sa correspondance avec le 203 de 19 h 07. Lequel partait très souvent quelques minutes avant l'heure, une forme de manque de ponctualité qui le dérangeait plus que l'inverse, auquel il s'était habitué avec les années, sans pouvoir lui-même l'adopter, car tout le monde attendait de lui la plus grande ponctualité ; une ponctualité presque génétique, surtout ici, à l'usine Mercedes-Benz, son lieu de travail depuis un peu plus d'un an, où la proportion d'Allemands devait être plus élevée qu'à la maison-mère à Stuttgart, envahie, à ce que l'on disait, par les *Gastarbeiter*, les travailleurs étrangers originaires de Turquie.

S'ils ne fabriquaient pas d'automobiles dans leur propre *Boden*, que ce soit au moins avec leur propre *Blut*, comme le lui avait dit Horst Carlos Fuldner quand il lui avait obtenu ce poste, après que Klement s'était plaint de toucher une misère chez Orbis. La réalité était pourtant qu'il n'aimait pas ce travail, bien qu'il ressemblât assez à celui qu'il avait préféré faire dans la vie ; cependant, si c'était une chose de nettoyer un continent de ses Juifs, c'en était une autre de livrer des poêles.

Mais l'entreprise avait eu beau vouloir être le plus aryenne possible, afin de contenter ses patrons moraux (les patrons réels étaient argentins), elle avait dû s'adapter, après la chute de Perón et l'intervention des révolutionnaires libérateurs ; les patrons avaient été accusés de se servir malhonnêtement de l'usine pour blanchir l'argent nazi (et d'après ce qu'avait entendu Klement, ces soupçons n'étaient pas si éloignés de la réalité). Quoi qu'il en soit, avec le nouveau gouvernement du radical Arturo Frondizi, dans un pays secoué par la violence et où l'opposition péroniste commençait à se réveiller, Mercedes était revenu aux mains des Argentins et agissait librement, non sans traces de lâcheté, comme le prouvaient ces embauches d'assassins de Jésus tels que celui qui, en parlant de Rome, venait d'intégrer l'administration du secteur des pièces détachées dont on avait promis à Klement de devenir bientôt le responsable.

– Mercredi prochain, répondit Klement, en allemand, sans lever les yeux de son dossier.

– *Ach so*, j'avais compris que c'était ce mercredi.

– Vous avez mal compris.

David Kraut avait intégré l'entreprise depuis quelques mois, on ne savait pas encore très bien en qualité de quoi, sauf qu'il était polonais et arrivé avant la guerre, comme cet aveugle qui aurait pu faire partie de sa belle-famille (qu'était devenue son adorable fille ? Et lui, qu'était-il devenu, maintenant qu'il n'avait pas obtenu de juteuse récompense pour l'avoir attrapé ?). Klement avait déjà croisé Kraut dans un couloir et lors de la dernière réunion de service, mais c'était la première fois qu'ils se retrouvaient face à face, seuls qui plus est, puisque les autres employés étaient en assemblée, ou malades, ou en déplacement chez des fournisseurs. Sa présence dans cet espèce de dépôt était particulièrement incongrue, considérant que Klement s'y sentait comme dans ce musée de la Franc-Maçonnerie où il avait dû classer des médailles, quand il était dans les renseignements. Cela lui rappela la fois où ils y avaient reçu la visite de Julius Streicher, le rédacteur en chef de *Der Stürmer*, et qu'ils lui avaient proposé de citer le nom d'un citoyen lambda - comme à leur habitude, c'en était presque devenu une plaisanterie - pour lui faire la démonstration que tout était répertorié dans les fiches du musée. Streicher cita son assistant, ils cherchèrent la fiche correspondante, et il se trouva que l'homme avait effectivement appartenu à une loge, ce qui coupa aussitôt court à la visite de Streicher.

– Vous auriez du feu ?

Kraut prouvait qu'il avait plus de trempe que Streicher, bien qu'il fût moins à sa place que lui.

Klement se leva de sa chaise, il fit le tour de son bureau et s'approcha de la petite vitrine en métal, se rappelant une autre visite illustre de l'époque, celle de Himmler en personne, qui était venu avec Himmler et Heydrich. Le *Reichsmarschall* voulait voir les nouveaux *Karteiräder* (qui se manipulaient comme des orgues et sur lesquels on pouvait automatiquement consulter les fiches perforées), et au passage, prendre des nouvelles des avancées de cette utopie qui consistait à ce que chacun des quatre-vingts millions d'Allemands possède son miroir en bristol. En partant, il avait oublié sa cigarette allumée dans le cendrier posé sur le bureau, et Klement l'avait terminée. Une simple anecdote, mais qui marchait très bien sur tout type de public. Et s'il l'essayait aussi sur ce Juif ?

– *Dankeschön*. Vous en voulez une ?

Klement avait dû accepter ce troc inégal. Une seule de ces cigarettes importées devait valoir cent fois plus cher qu'une flamme de son briquet ; qu'on lui avait offert, par ailleurs. En repensant au ruineux taux de change que leur avaient imposé les devises juives sans que personne se plaigne (à part leur propre gouvernement), il conclut qu'au fond, les Juifs attendaient qu'on les oblige à faire de mauvaises affaires, sous la pression de la culpabilité de siècles passés à en faire de trop bonnes, grâce à des astuces tout aussi grossières, voire plus.

– Je ne crois pas que nous ayons déjà eu l'occasion de nous présenter.

Il lui tendit sa main sans fumée.

– David Kraut, enchanté.

– Ricardo Klement...

Il la prit dans la sienne, molle, prolongeant le silence qui s'ensuivit.

– Vous parlez très bien allemand, pour un Italien.

Ainsi, l'autre en savait plus sur lui que ce qu'il avait bien voulu confier à quiconque dans cette entreprise. Il se permettait même un jugement de valeur sur son allemand, alors qu'il n'en parlait qu'une variante, moins apprise qu'inculquée par la force, et comme désireuse de se libérer. Une telle emphase mise sur ses propres mots donnait l'impression qu'il essayait de les user ou de les briser un par un afin qu'ils ne lui servent plus jamais, et de se débarrasser ainsi de tout ce fardeau idiomatique. Il devait sans nul doute parler bien pis espagnol, mais avec moins de mépris.

– Au sud du Tyrol, on parlait plus allemand qu'italien, du moins à mon époque.

– Et quelle époque était-ce ?
– Avant la grande lutte.

Klement hésita à lui poser à son tour une question personnelle, histoire que l'autre ne s'aperçoive pas qu'il savait déjà tout, mais il préféra garder le silence et confirmer son intuition. Il était indispensable que ce petit homme aux cheveux gris et au regard vif, perçant, comprenne qu'il occupait un *Lebensraum* qui n'était pas à lui, une fois encore, et que cela ne durerait que tant que les vrais patrons, c'est-à-dire eux-mêmes, le jugerait tolérable.

– Moi aussi je suis arrivé avant la guerre, lui dit-il, sans qu'il lui ait rien demandé. Mais une partie de ma famille est restée là-bas, ils sont morts à Auschwitz.

– À Auschwitz ? Mais quelle horreur ! s'exclama Klement en haussant les sourcils.

Ils firent tous deux tomber en même temps la cendre de leur cigarette dans le cendrier, de même qu'ils la portèrent à la bouche en même temps pour en aspirer la fumée, synchronisés, avec une étrange forme d'empathie, voire de fraternité.

– Vous n'allez pas à la réunion ?

Klement fut sur le point de lui demander de quelle réunion il parlait, puis comprit qu'il faisait référence à l'assemblée ; sans doute utilisait-il un seul mot pour les choses plus ou moins semblables parce qu'il avait déjà assassiné tous les autres.

– J'ai oublié, répondit Klement.

Un clin d'œil, car tout compte fait l'autre non plus n'y était pas allé.

– Je me demande bien ce qu'ils veulent, dit Kraut, qui commençait à se sentir à l'aise. Cette entreprise est des plus généreuse, il y a tout ce qu'il faut.

Klement pensa à la baignoire où il se lavait, le mardi et le vendredi, avant le *Feierabend*, la fin de la journée de travail, pour ne pas avoir à le faire chez lui, où l'eau coulait mal et était toujours froide.

– Bon, j'ai des choses à finir avant l'arrivée de ma Mercedes avec chauffeur.

– Vous avez une auto ?

Klement montra sa denture. Ce type était limité. Vraiment, l'entreprise était généreuse.

– C'est comme ça qu'on appelle l'autocar, vous n'avez jamais entendu ?

– Mais vous avez une auto, ou pas ?

Klement était flatté que, malgré sa tenue de travail, il soit évident il occupait un poste inférieur à ce qui lui correspondait. Même en tant que violoniste, il préférait être à un rang plus bas que celui qu'il aurait dû occuper, et dès qu'il jouait avec d'autres, il choisissait la place de second violon ; rien de tel pour avoir une vue d'ensemble que de faire un pas en arrière.

– Je ne me déplace en voiture que lorsque j'ai un chauffeur, comme je vous l'ai dit, insista-t-il, bien que ce ne soit pas une plaisanterie, mais un anachronisme.

– Si vous voulez, je peux vous ramener. Vous habitez où ?

– Beaucoup de questions à cette heure tardive.

– Je suis le nouveau chef des ventes, finit-il de se présenter ; ce par quoi il aurait dû commencer. Nous sommes en train de réfléchir à lancer un projet d'auto-épargne. Ou plutôt d'épargne pour s'acheter une auto. C'est-à-dire, pour les salariés, à des conditions très avantageuses.

– *Ja, ja*, je crois que j'ai compris.

Klement ne savait pas ce qu'il détestait le plus, devoir se répéter ou qu'on le lui demande. Il pencha pour la seconde proposition, parce qu'elle ne dépendait pas de lui, et cela le déprima d'avoir encore affaire à des Juifs au travail, comme quand il leur vendait des œufs, là-bas, près de Bergen-Belsen, et pour couronner le tout, en étant aujourd'hui à un poste inférieur. Il se consola en pensant que le vent finirait bien par tourner.

– Je dois terminer de construire ma maison, peut-être plus tard, mentit-il, car la dernière chose qu'il aurait faite dans ce pays à la circulation folle aurait été de conduire une automobile, aussi préférait-il dépendre des chauffeurs de bus, qui eux au moins avaient ce chaos dans le sang.

Il enfonça sa cigarette entre les mégots accumulés du jour, et l'autre en fit de même en lui frôlant presque les doigts, ce qui lui fit lâcher la sienne sans avoir fini de l'éteindre, quand bien même il était dégoûté lorsqu'elles fumaient encore.

– Donc c'est pour mercredi prochain, les ampoules ? répéta Kraut.

– Si la douane les laisse passer, parce qu'elles étaient déjà censées arriver aujourd'hui, se contredit-il volontairement, avec plaisir, pour laisser à l'autre la sensation de s'être trompé et en même temps de ne pas s'être trompé ; la sensation la plus ambiguë qui soit.

Il attendit que les pas s'éloignent, puis repoussa son dossier, pensant au fait paradoxal que c'était lorsqu'on travaillait le moins qu'on avait l'air de travailler le plus, à cause du désordre accumulé sur son bureau. La visite de Kraut lui avait laissé un goût amer, surtout parce qu'elle venait s'ajouter à d'autres apparitions douteuses survenues ces derniers temps, à commencer par ce briquet qu'il était en train de tripoter, cadeau d'anniversaire qu'une inconnue avait fait à Klaus par l'intermédiaire d'un groom qui s'était présenté un matin à l'atelier de mécanique où Dieter travaillait. Ce qui inquiétait le plus Klement, c'était que le messager était d'abord passé par son ancienne maison de la *calle* Chacabuco, dont l'adresse figurait sur le paquet, bizarrement au nom de Klaus Klement, patronyme qu'il n'avait jamais fait utiliser à son fils, qui n'avait pas à porter la croix du père. Cela l'inquiétait parce qu'un charpentier, embauché par le propriétaire en même temps que les peintres pour rénover le logement avant de le remettre en location, travaillait à ce moment-là *calle* Chacabuco, et qu'il l'avait lui-même fait venir dans sa nouvelle demeure à San Fernando pour sa porte en bois (caprice de Vera, lui l'aurait préférée en métal). Cet homme, auquel il devait encore de l'argent, pouvait très bien avoir donné sa nouvelle adresse au jeune homme, lequel était clairement sur la piste de quelque chose, avec des méthodes typiques des services secrets.

L'autre visite qui prenait désormais un tour inquiétant avait eu lieu quelques jours plus tard, lorsque des Américains avaient abordé Vera chez eux pour lui demander des informations sur les alentours, prétendant que leur entreprise projetait d'installer une usine de machines à coudre, alors qu'il n'y avait même pas encore l'électricité. Comme Vera parlait à peine espagnol, c'était l'épouse de Klaus, Margarita, qui s'en était occupée, car elle était allée au lycée anglais de Tucumán, or la jeune femme avait trouvé l'anglais de ces hommes étrange, pas très *gringo*. Néanmoins, ils étaient polis, bien habillés et avec des mallettes, et puis, *la luz* (comme les Argentins appelaient l'électricité) finit toujours par arriver et les rivières par rejoindre leur lit, et en attendant, ici, la terre était bon marché et non imposable. C'était d'ailleurs ce que s'était dit Klement à l'époque, mais à présent il se rappelait une visite postérieure, qui n'avait duré que quelques minutes, celle d'un jeune Argentin qui cherchait une maison pour sa famille dans les environs. Que se passait-il ? Tout le monde voulait soudain s'installer à San Fernando ? Klement en avait tiré une certaine fierté, se disant qu'il avait eu du nez et que la zone se transformerait bientôt en espèce d'Olivos. Mais aujourd'hui, il se rappelait que cet homme-là aussi portait une mallette, un dimanche ; et le briquet lui échappa. Et si cette mallette contenait une caméra espion ?

Il se rappela ce jour où il s'était déguisé en Otto Barth, pilote de l'armée de l'air (il avait emprunté ce nom à un vrai commerçant de Berlin, mais ce ne fut que plus tard qu'il comprit qu'un nom inventé mais ressemblant serait plus plausible, et il avait choisi Otto Eckmann), à l'affût sur le bas-côté de la route qui menait en Bavière, pour surveiller le poste-frontière. De là, il avait vu tout le monde se faire contrôler, sauf un cortège funéraire, qui marchait tellement en rythme qu'il comprit aussitôt qu'il devait s'agir de SS déguisés en civils. Était-il possible qu'il ait été aussi stupide que les gardes de ce poste de contrôle et qu'il ne se soit pas aperçu de cette procession d'espions qui se baladait sous son nez ?

Il se pencha pour ramasser le cadeau empoisonné, mais avant d'aller au bout de son geste, décida qu'il valait mieux le laisser là, et d'un léger coup de pied, il l'envoya près de la corbeille ; une offrande pour les employés de ménage. En se redressant, il avait décidé de cesser d'alimenter sa paranoïa en faisant d'inutiles liens entre des événements faciles à expliquer séparément. Une admiratrice ne pouvait-elle pas offrir un cadeau à ce briseur de cœurs qu'était son fils aîné ? Il y avait aussi cette gitane, une parente de sa belle-fille Margarita, rencontrée au baptême de sa petite-fille, qui après lui avoir lu les lignes de la main (attendant que personne ne puisse les entendre), lui avait révélé qu'il mourrait à cinquante-six ans. Ce présage, qui ressemblait alors à une très mauvaise nouvelle, même si cela signifiait qu'il vivrait jusqu'à soixante-trois ans, en partant de la nouvelle date de naissance qu'il s'était choisie, devenait aujourd'hui la garantie de sa tranquillité : il lui restait au moins deux longues années à vivre. À quoi bon les raccourcir avec des peurs irrationnelles, y compris en suivant une logique superstitieuse ?

L'assemblée dura moins longtemps que prévu (il fallait sans doute voter contre quelque chose, dans ces cas-là, tous se mettaient vite d'accord), et les bus gratuits de l'entreprise qui amenaient et ramenaient les salariés partirent presque à l'heure habituelle. Malheureusement, aucun de ces véhicules n'allait vers chez lui, ce qui obligeait Klement à faire un grand détour pour rentrer. Mais il avait fini par s'habituer au trajet, voire il l'appréciait ; après tout en Europe aussi il passait la moitié de son temps à se déplacer, sans rien faire d'autre que regarder par la fenêtre. Or, ce qu'il voyait ici était des plus charmant, d'abord les vertes prairies et les vaches broutant l'herbe, ensuite les villages plus ou moins précaires de la périphérie, y compris ces amas de carton et de tôle que les Argentins appelaient *villa miseria*, une ironie seulement comparable en cruauté avec les caricatures antisémites de *Der Stürmer*. Tout ce dédain que les Allemands avaient eu pour les Juifs, les Argentins semblaient le garder pour ce qu'ils appelaient, cette fois sans aucune métaphore amusante, les *cabecitas negras*, les petites têtes noires. Au premier rang desquelles, ses représentants : Evita et Perón. La grande différence étant que, pour les Allemands, il s'agissait d'une calamité qualitative, avec quelques familles juives qui tiraient les ficelles de l'économie, tandis qu'ici, la menace était quantitative, avec une masse de miséreux, sur le plan matériel comme intellectuel, qui voulaient récupérer ce qui, pour des raisons évidentes, appartenait à la classe des privilégiés. Mais sinon, c'était le même combat : les Allemands désireux de corriger un mal qui durait depuis longtemps, et les Argentins d'éviter une future catastrophe. Cela expliquait pourquoi, dans ce pays, tout devait être pour ou contre Perón ; comme dans celui de Klement, où tout ce qui n'était pas pour le Führer était forcément contre lui.

En tout cas, cette misère organisée était plaisante à regarder, parce qu'il y avait toujours des gens qui s'activaient, avec leurs enfants, leurs animaux, leurs paniers et leurs charrettes (ce que les pauvres pouvaient avoir comme objets !), et pas un jour ne passait sans nouveauté en plus (un nouveau baraquement, quelques plaques de tôle au-dessus de celles qui existaient déjà), comme en moins (un baraquement détruit par une tempête ou un incendie, un arbre qui disparaissait en bois de chauffage). Ce jour-là, sans aller plus loin, il put voir pour la première fois quelques secondes d'un match de football, qui se disputait sur un terrain tout aussi précaire et asymétrique que les cabanes faisant office de tribunes, et sur lequel les hommes, plus qu'ils ne jouaient, remarqua Klement, représentaient ce qu'était la vie pour eux : un seul ballon dégonflé pour tout le monde, et débrouillez-vous.

Lorsqu'il arriva à la station de San Fernando, à l'extrême est du district, le bus 203 de 19 h 07 était déjà parti, alors que sa montre dorée affichait 19 h 06. Pourquoi annoncer un horaire précis si c'était pour ne pas le respecter ? Pourquoi ne mettaient-ils pas un très argentin « environ 7 h », et on n'en parlait plus ? Mais cette fausse ponctualité locale ne le dérangeait pas tellement, au contraire. Il sentit étrangement que casser sa routine pourrait lui être bénéfique, comme s'il craignait que l'attende chez lui quelqu'un qui n'était ni sa femme ni ses fils Dieter et Hasi. Il songea même à aller manger quelque chose dans le coin et à ne pas prendre le prochain bus, ni le suivant, pour donner l'impression qu'il ne rentrerait pas ce jour-là, même au risque d'inquiéter Vera. Une autre option consistait effectivement à ne pas rentrer du tout, rester dormir à San Fernando (Est) et prendre le bus pour González Catán le lendemain matin, ou vendre sa montre et s'acheter un billet longue distance pour le Nord, vraiment tout au nord, jusqu'au Paraguay, comme l'avait fait le docteur Gregor, car on racontait qu'un Perón local y était désormais en place et les accueillait à bras ouverts, et qu'ils y avaient même fondé un village appelé Nouvelle Allemagne, évidemment *judenrein*.

Devant l'autobus de 19 h 27 prêt à partir, Klement fit le calcul suivant : il était resté caché cinq ans en Allemagne, dix en Argentine, et aujourd'hui le Paraguay l'attendait pour les quinze suivants, ou alors le Chili, là-bas aussi il y avait des colonies de compatriotes. Peu importait le pays, l'urgence était de partir, passer un temps sous couverture puis faire venir sa famille. Le docteur Gregor avait raison, l'idée de la maison était mauvaise, même s'ils l'avaient mise au nom de Vera, et en falsifiant son nom, *Fichmann* ; un petit bâton en moins et le tour était joué, cela faisait même un peu juif. Et puis, la maison resterait la sienne, même s'il cessait d'y habiter un temps, ou même s'il ne revenait plus jamais, c'était comme planter un arbre, pas besoin de rester collé à son tronc pour que ses branches poussent, ou comme avoir des enfants, qui s'en vont tôt ou tard, comme Klaus, qui vivait déjà auprès de son épouse, ou Horst Adolf, qui s'était engagé dans la marine marchande et parcourait le monde.

Mais au dernier moment, il jeta sa cigarette par terre et monta dans le bus, il lâcha quelques pièces contre un bout de papier avec un numéro qui n'était pas un palindrome (il vérifiait à chaque fois), et alla s'asseoir dans l'un des fauteuils individuels de la rangée de droite. Il n'y avait pas pire conseillère que la peur irrationnelle, ce qu'ici ils appelaient tendrement une *corazonada* : en pensant échapper à un danger, on finit par grimper sur ses genoux. Quand il s'était évadé de son dernier camp de prisonniers, il avait d'abord réuni ses camarades de la SS pour leur demander de l'aide et leur autorisation. Il se dit alors que c'était exactement ce qu'il devait faire avec sa famille, au lieu de l'abandonner de nouveau à son sort dans un pays qui n'était pas le sien. Sans parler du fait qu'il restait mille choses à régler dans la maison et qu'il ne voulait pas laisser encore une fois tout en plan. À Berlin déjà, vers la fin de la guerre, il avait préparé un dispositif de défense autour de son bâtiment de la Kurfürstenstraße pour livrer l'ultime bataille contre les Russes, quand Himmler l'avait envoyé à Theresienstadt chercher des Juifs importants dans le but de s'en servir comme monnaie d'échange au cours des imminentes négociations de paix avec les Alliés. Cette fois, il voulait rester, et dans le pire des cas, mourir les bottes aux pieds. Et puis l'*Argentinisches Tageblatt* avait récemment publié un entrefilet initialement paru dans un journal allemand, révélant que les chasseurs de nazis le soupçonnaient d'être au Koweït. Le conte oriental que Klement avait fait circuler dès le début de sa carrière dans la SS, et qu'il avait alimenté à chaque occasion, portait enfin ses fruits ; il ne pouvait tout de même pas faire la bêtise de les manger et se priver de continuer à vivre dans ce modeste paradis.

En même temps, car une fois que l'on a commencé l'exercice qui consiste à se porter la contradiction à soi-même, plus moyen de l'enrayer (l'unique *perpetuum mobile* découvert par l'homme demeure la dialectique), en même temps donc, Klement repensa à la main-d'œuvre qualifiée juive qu'il avait déplacée de Theresienstadt à la Mark Brandenburg, pour construire les baraquements qui remplaceraient les bureaux bombardés de la Gestapo, et plus spécifiquement au fait qu'aucun de ces esclaves n'en avait profité pour s'échapper, alors qu'ils avaient eu presque la même liberté de mouvement que celle qui était la sienne aujourd'hui, comme si accepter son destin était la seule façon que l'homme avait trouvée pour jouir de sa liberté.

Sur ces pensées, il s'endormit, comme cela lui arrivait souvent à ce moment-là du trajet, surtout s'il faisait déjà nuit et s'il ne voyait plus sur la vitre que le reflet de son propre visage, défiguré par les imperfections du verre et les tremblements de la carrosserie, une image plus fidèle à la réalité que celle, immobile, d'un miroir. Il rêva que Wiesenthal, le chasseur de nazis, voyageait incognito derrière lui, et qu'au lieu d'enfoncer son chapeau sur ses yeux ou de descendre du bus, il se levait et allait lui parler. Aimablement, il lui expliquait qu'il n'avait fait qu'accomplir son devoir et n'avait rien de personnel contre Wiesenthal, ni plus généralement contre aucun Juif, qu'il soit ashkénaze ou séfarade (précision visant à lui montrer qu'il s'y connaissait en judaïsme). Il lui proposait de voir toute cette histoire à la manière d'un match de football : chacun avait joué à son poste au sein de son équipe, sans compassion pour l'adversaire, mais sans animosité individuelle non plus. Maintenant que le match était terminé, et qu'eux, l'équipe du peuple élu, avaient remporté la victoire, ils devaient se montrer bons joueurs et accepter cette main qu'il lui tendait aujourd'hui amicalement. Mais au lieu de la serrer, Wiesenthal la mordait comme un chien, le chien qu'il était vraiment (il s'était déguisé pour passer inaperçu). Et finalement, cette morsure fut la chance de Klement, car elle le réveilla juste à temps pour descendre à son arrêt.

Il traversa la route dans la fumée du pot d'échappement de l'autobus qui repartait et alla s'acheter un paquet de cigarettes au kiosque, mais sans l'ouvrir, car d'après ses calculs, il n'avait pas le temps d'en fumer une avant d'arriver chez lui, où il n'aimait entrer qu'après avoir fait un tour d'inspection de ses plantes en ayant les mains libres.

Il sortit de sa poche sa lampe bicolore qu'il n'alluma pas non plus ; il ne s'en servait pas pour éclairer sa route sur le trottoir asphalté mais pour voir si une voiture arrivait d'en face ; geste inutile, car ce jour-là, derrière sa *cuadra*, près du pont qui traversait le ruisseau, un véhicule était garé sur le côté, phares allumés. Il rangea alors sa lampe et baissa les yeux pour éviter que la lumière l'aveugle. De toute évidence, le sol restait la surface que ses yeux cherchaient le plus souvent, aidés par son dos légèrement voûté quand il marchait.

En tournant *calle* Garibaldi, il aperçut une autre automobile à l'arrêt, capot ouvert. Ses phares étaient éteints, ce qui alluma les siens, qui n'étaient pas blancs mais rouges comme la lumière de sa lampe, qu'il serra aussitôt dans sa poche comme si c'était une arme. Il songea à Klaus, qui ne se déplaçait jamais sans son Colt 45 et lui reprochait de ne pas l'imiter. Il avait passé tellement de temps armé sans que personne essaie d'attenter à sa vie que, maintenant qu'il n'avait plus rien à craindre, Klement ne voyait aucune raison de garder cette habitude inconfortable, voire contreproductive, sur une terre qui n'était pas un pays de gangsters, et où le port d'arme représentait un délit. Néanmoins, à cet instant, il aurait tout donné pour que sa lampe se transforme en pistolet, comme dans un rêve.

– *Mumentitu !* l'interpella soudain un homme penché sous le capot, avec l'espagnol le plus invraisemblable qu'il ait entendu depuis longtemps (excepté celui de Vera).

Non seulement Klement s'arrêta, mais il recula d'un pas, comme on le lui avait appris lors de ses cours d'escrime, bien qu'il ait préféré se rappeler ceux de jiu-jitsu, qu'il avait également suivis dans sa jeunesse, en parallèle du violon ; il en aurait volontiers fait d'autres, en courant, si cet homme robuste et moustachu, pas même un *mumentitu* plus tard, ne s'était jeté sur lui pour bloquer ses bras, comme s'il pensait que Klement portait effectivement une arme (d'ailleurs, malgré sa dimension peu contondante et son court faisceau lumineux, cette lampe n'aurait-elle tout de même pas pu en devenir une ? pensa-t-il trop tard). Le geste de l'agresseur avait été si puissant que tous deux trébuchèrent et roulèrent dans le caniveau boueux, où Klement profita de sa confusion (sans aucun doute, le plan initial était de l'embarquer proprement dans la voiture) pour crier à l'aide de toutes ses forces ; des hurlements qui, aidés par son dentier qui s'était planté dans sa gorge, en sortirent viscéraux et primitifs, comme venus des tréfonds de la plus animale des peurs, si bien que quiconque les ayant entendus, dont Vera à quelques mètres de là, avait dû les prendre pour ceux d'un porc près d'être sacrifié. Une comparaison qui parut à Klement d'autant plus pertinente qu'il n'avait rien de kasher et qu'il entendit l'un des hommes appuyer à fond sur l'accélérateur pour couvrir ses cris. Non, ce n'étaient pas de simples voleurs.

Bâillonné, il sentit alors deux autres individus lui soulever les jambes et le jeter dans le coffre, puis lui attacher les mains, et à la place de ses lunettes qu'il avait perdues dans l'échauffourée, lui mettre un bandeau parfaitement opaque devant les yeux, et pour finir, une couverture sur lui.

– *Wenn Sie Widerstand leisten, werden Sie erschossen*[1], lui dit l'un des trois ravisseurs, ou peut-être un quatrième, sans doute celui qui conduisait.

Ce fut pour Klement une consolation de les entendre parler allemand, même si ce n'était que pour le menacer de mort s'il résistait. Bien qu'il s'agisse d'un *Jecke*, comme il ne pouvait en être autrement (fils d'un dieu vengeur, ces gens-là ne connaissaient que la vengeance), ils étaient en mesure de pouvoir se comprendre comme des êtres plus ou moins civilisés. L'homme lui demanda s'il l'entendait bien, s'il comprenait ce qu'il venait de dire, et lui répéta même les conditions de la transaction en espagnol. Alors Klement céda, touché par le désespoir communicatif du ravisseur polyglotte.

– J'ai déjà accepté mon destin, lui dit-il.

Klement songea que, s'il avait pris le bus d'avant, il serait chez lui à observer par la fenêtre cette voiture louche attendant en vain sa victime ; l'Argentine lui avait donné tous les outils pour

1. « Si vous résistez, vous serez abattu. »

son salut, c'était sa faute s'il n'avait pas su apprendre à les utiliser à temps.

Quelques kilomètres plus loin, l'automobile s'arrêta, moteur allumé. Des bruits qu'il entendit, son oreille collée par terre, Klement déduisit qu'ils changeaient les plaques d'immatriculation, un degré de sophistication que sa propre police secrète n'avait à sa connaissance jamais atteint. À partir de cet instant, il comprit qu'il n'avait désormais plus qu'une seule arme à sa disposition, juive par antonomase : l'intelligence. Et même s'il se plaisait à répéter qu'en cela personne ne supplantait les israélites, il comptait bien les défier sur leur propre terrain. Manipuler des Juifs était en fin de compte sa spécialité. Non seulement parce qu'il avait trompé tous ceux qui avaient collaboré avec lui à leur propre extermination, mais aussi, plus tard, en étant toujours un petit peu plus malin que ceux qui l'interrogeaient dans les camps nord-américains. Comme disait le dicton, toutes les bonnes choses vont par trois, de sorte qu'il pouvait très bien recommencer avec cette nouvelle déclinaison de la même calamité. L'important, comme toujours, était de se replier *motu proprio*, se laisser sous-estimer. La stratégie du second violon.

Ils arrivèrent dans une maison, s'arrêtèrent au fond d'un garage et sortirent Klement de la voiture, fermement mais sans lui faire de mal, comme lui-même avait été censé faire monter les Juifs rebelles dans les wagons. Il ne voyait rien, mais il éprouvait la même sensation que lorsque Müller lui en avait fait trop voir : une profonde irréalité, un présent qui n'avait pas lieu, peut-être parce que dans le résumé très bref de sa vie, au bord de l'abstraction totale, les seuls événements à mentionner seraient cet excès de netteté et cette pure noirceur, sa conséquence.

Une fois dans la maison, ils lui firent monter un escalier et l'enfermèrent dans une chambre où tous les sons mouraient à quelques centimètres de leur lieu de naissance. Ils entreprirent de le déshabiller, ce dont il les remercia intérieurement, car il avait peur de tomber malade avec son dos mouillé (sa plus grande crainte, qu'ils l'envoient nu dans une chambre à gaz, ne lui parut pas vraisemblable ; c'était fou comme cette méthode d'exécution restait difficile à imaginer même après avoir été utilisée). Il n'eut honte qu'en se rappelant qu'il portait des chaussettes trouées, de celles qu'on se promet de jeter chaque fois qu'on croit les remettre pour la dernière fois. Mais aussitôt, cette gêne fut chassée par une autre, plus grave, lorsqu'on lui fourra la main dans la bouche pour lui enlever son dentier ; il crut un instant que c'était pour le lui confisquer, en représailles des millions de couronnes récupérées sur leurs congénères, mais lorsqu'ils le lui remirent en place, il comprit qu'ils l'avaient inspecté à la recherche d'une capsule de poison, de même que tout le reste de son corps. Vous feriez mieux de regarder dans la bible de ma femme ! pensa-t-il. Ils ne trouvèrent pas non plus le tatouage sous son aisselle gauche, qu'il avait eu le courage opportun de brûler avec un tison de cigarette. Puis ils le mirent en pyjama, à en juger par ce coton informe, l'allongèrent et attachèrent son pied droit à l'encadrure de fer, tel un véritable prisonnier. Au moins, ce matelas-ci était plus confortable que le sien ; on voyait qu'ils avaient loué une planque de qualité, sans doute une demeure isolée, car on n'entendait pas de circulation.

– Combien mesurez-vous ?

Ainsi débuta l'interrogatoire mené par cet Allemand qui devait venir de la région de Berlin, à en juger par son accent.

Cette question, à laquelle ils auraient pu répondre seuls avec un mètre, fut suivies par d'autres non moins stupides, avant celles de son numéro d'affiliation au Parti, son lieu et sa date de naissance, puis pour finir, son nom. Que leur dire ? Ricardo Klement, le nom que tout le monde savait faux ? Otto Heninger, celui qu'il avait laissé en Italie ? Otto Eckmann, celui qu'il avait utilisé en Rhénanie ? Otto Barth, celui qu'il avait perdu en

Bavière ? Que de noms pour se sentir finalement si anonyme ! Il les entendit se disputer intérieurement entre eux pour savoir lequel était désormais le plus légitime, mais l'heure n'était plus aux subterfuges, il devait aujourd'hui se défendre en son propre nom, seul contre le monde entier.

– Otto Adolf Eichmann.

Il sentit leur respiration s'arrêter, puis reprendre avec une légère agitation. Il put entendre leurs sourires de triomphe. Ils avaient ferré leur proie ; Klement fut presque content de leur procurer une telle joie.

Il sut qu'il n'était pas seul au monde dès les questions suivantes, centrées sur sa famille, autant celle d'Argentine que celle qui était restée en Autriche, mais sans comprendre si on les lui posait pour vérifier son identité ou pour le bousculer. L'idée qu'il puisse arriver quelque chose à ses fils, en particulier au petit Hasi, qu'il considérait vraiment comme le sien, pour l'avoir vu grandir, le remit face à la peur qu'il avait ressentie devant la fosse, démultipliée par ce facteur inquantifiable qu'est la souffrance d'un être cher dont la seule culpabilité est de vous connaître. Inversant l'ordre de cette équation, il pensa à la mort de son père et de sa belle-mère, et cela le rassura ; son père était décédé quelques mois plus tôt, comme s'il avait prévu ce qui se passerait (avait-il lui aussi consulté une voyante ?). Eichmann avait eu beau souffrir de ne pas pouvoir assister à son enterrement, il préférait savoir qu'il avait quitté ce monde en se disant que, même loin de lui, son fils demeurait en sécurité.

Cet enterrement auquel il n'avait pu assister lui rappela l'avis de décès qu'il n'avait pu signer, et il se demanda, comme trouvant déjà la réponse, si ce n'était pas ce faire-part, où figuraient les noms et prénoms de la bru et des petits-fils de son père Karl Adolf, qui avait mis les chasseurs de nazis sur sa piste, comprenant que les deux familles étaient encore en contact et que cet oncle Klement n'était que pure affabulation. Hermann l'aveugle et sa charmante fille avaient sans doute fait le reste, peut-être avec l'aide, involontaire, du charpentier. Il leur manquait cependant la preuve formelle de son identité, dont ne pouvaient attester les photographies, quand bien même elles avaient été prises à deux mètres de distance, avec du matériel espion caché dans une mallette, puis comparées à celles de ses frères, dont la physionomie était très proche de la sienne. Ils n'avaient pas ses empreintes digitales, autrement ils auraient commencé par cela en arrivant dans cette maison. Mais ils devaient toutefois être en possession d'un signe particulier suffisamment évident pour s'être décidés à séquestrer ainsi un inconnu, bien que pas assez solide pour avoir à soumettre ce dernier à un interrogatoire de confirmation aussi saisissant.

– Date de naissance ?

Les fleurs ! Comment n'y avait-il pas pensé plus tôt ? Le 20 mars, ils avaient fêté leurs noces d'argent et Eichmann avait marqué le coup en achetant à Vera un énorme bouquet de roses, celui qu'il n'avait pas pu lui offrir le jour où ils s'étaient retrouvés de ce côté de l'Atlantique à cause de la mort d'Evita. Il avait même profité de l'occasion pour se rattraper auprès du fleuriste auquel il avait alors mal parlé (*Korrekt ist korrekt !*), en les lui commandant et en prenant la peine de se rendre au centre-ville tôt le dimanche pour aller les chercher. Au retour, avec son bouquet dans la main, ce devait être à ce moment-là qu'ils avaient fini de l'identifier formellement : rien ne confirme plus précisément qu'un homme est le mari d'une femme qu'un cadeau d'anniversaire de mariage. Nul n'hérite des années de mariage d'un autre, et seule une folle aurait changé complètement de vie tout en reprenant pour ses secondes noces la date des premières. Il se rassura en pensant que, après tout, si ce bouquet de fleurs était sa plus grosse erreur, il l'avait commise pour la même raison que celle pour laquelle on le poursuivait : l'accomplissement de son devoir.

Le seul élément invalidant cette hypothèse était le temps passé depuis. Était-il possible qu'ils l'observent depuis des mois sans qu'il s'en soit rendu compte ? Ils devaient avoir changé constamment d'automobiles, malgré les prix exorbitants des locations de voiture dans ce pays et le mauvais état dans lequel les gens les rendaient. Klaus était parti en lune de miel avec un Buick qu'il avait dû faire réparer trois fois en route avant d'arriver à Mar del Plata. Eichmann ressentit de la peine presque naïve pour tout le travail abattu par ces gens et les coûts que cela avait dû impliquer, y compris la location et l'aménagement de cette planque, qui n'était d'ailleurs peut-être pas la seule.

– Vous voulez manger quelque chose ?

Eichmann déclina la proposition, même s'il avait envie d'un verre de vin. Il aurait également voulu leur montrer qu'il n'avait rien contre les Juifs, en entonnant le « Chema Israel », la prière la plus importante adressée à ce dieu que les catholiques leur empruntaient depuis 1 960 ans, mais il se rendit compte qu'il ne s'en souvenait pas, si d'aventure il avait un jour vraiment réussi à la mémoriser.

Ils finirent par le laisser seul, ou presque, car quelqu'un entra dans la pièce, il l'entendit respirer dans un coin. Eichmann supposa que la lumière était encore allumée pour que son geôlier ne s'endorme pas, et lui non plus ne parvint pas à fermer l'œil. Il passa le temps en imaginant ce que feraient ses fils après avoir fait le tour des hôpitaux et des commissariats, concluant que leur père n'avait pas eu d'accident et n'avait pas été arrêté pour ivresse sur la voie publique. Signaler sa disparition n'était pas une réelle option ; soit ils donnaient son faux nom, et dans ce cas, personne ne se donnerait beaucoup de peine pour le retrouver, soit ils révélaient son vrai nom, et déclencheraient un scandale international, mettant d'autant plus sa vie en danger. Ces gens ne semblaient pas vouloir l'assassiner, pourvu qu'ils ne se sentent pas menacés de l'extérieur. Ils devaient sûrement être collés à la Spica, attendant d'entendre son nom aux informations, même s'ils ne comprenaient rien à ce que pouvait bien dire le présentateur.

Il craignait la réaction de ses fils lorsqu'ils comprendraient qu'ils ne pourraient rien faire. Surtout celle de Dieter, qui fréquentait des groupuscules d'extrême-droite bien qu'Eichmann lui ait conseillé de ne pas se mêler de politique. Depuis la clandestinité, la jeunesse péroniste, avec laquelle il était également en contact étroit, était avide de démontrer sa force, et la séquestration d'un protégé de Perón pourrait leur donner l'excuse parfaite pour sortir du bois. C'étaient des jeunes très enthousiastes, d'après ce que lui avait raconté Klaus, capables de folies, comme faire exploser l'ambassade d'Israël ou en séquestrer l'ambassadeur pour négocier un échange, voire les deux.

Rien de tout cela ne me va, j'espère que les garçons comprendront, en conclut Eichmann, se demandant s'il fallait croire à la télépathie pour qu'elle existe, ou si, telle la volonté de Dieu, elle avait lieu malgré les athées. Ce qui lui serait allé, ç'aurait été que tout soit révélé en temps voulu, puis qu'on le soumette à un procès public, en Argentine ou en Allemagne, à la rigueur en Autriche. Il y croyait, car l'ambassadeur d'Allemagne à Buenos Aires était un camarade, il en avait déjà sauvé plus d'un, il empêcherait toute extradition, et au pire il passerait quelques années dans la prison de Devoto, où non seulement il resterait en contact avec sa famille, mais il pourrait enfin se consacrer tranquillement à l'écriture de ses mémoires. Ou peut-être même pas. Tant d'années après ces prétendus crimes qu'on le forçait à endosser, il devait y avoir prescription ; de plus, l'on ne peut accuser une simple roue de la direction prise par la voiture.

Même pas de complicité ? Il se le demanda sérieusement, et tout aussi sérieusement se répondit que non, parce qu'il n'aurait pas pu prévoir ce qui allait se passer avec les dirigeants de chaque camp, morts pour la plupart. En même temps, il se dit que si la complicité d'assassinat, *Beihilfe zum Mord*, était le nom que prenait l'obéissance quand on avait la malchance de jouer avec l'équipe qui perdait, alors il en avait été partie prenante, il avait collaboré. Ni la logique de la guerre ni sa fierté de bon soldat ne lui permettait de le nier. Il décida en son for intérieur que ce serait là sa stratégie de défense : assumer d'avoir fait ce qu'on lui avait ordonné de faire. Et plus encore : il assumerait qu'il aurait fait tout ce qu'on lui aurait ordonné, y compris ce qu'il n'avait pas fait, comme tuer une personne, ou six millions. Quoi qu'il en soit, il devait d'abord définir les choses qu'il savait avoir faites avant de se mettre à en avouer trop.

Il s'endormit, se réveilla puis se rendormit, ou plutôt somnola, car il rêvait de ce qui était en train de se passer, ce qui ne l'aidait pas à retrouver le sens de la réalité qu'il avait perdu. Plus tard, on lui apporta à manger et à boire (dont du vin rouge !) ; maladroitement, parce qu'il était toujours attaché, les yeux bandés, il mangea et il but, sans appétit mais sans dégoût non plus, et plus tard encore, après avoir somnolé puis s'être réveillé, ou quel que soit le nom de cette semi-veille dans l'obscurité, cette insomnie onirique pleine de petits triangles colorés, il demanda à aller aux toilettes, on le détacha et on le conduisit jusqu'aux cabinets, où il urina et déféqua sans qu'on lui enlève son bandeau pour s'essuyer. À un moment, il demanda une cigarette, qu'on lui donna, mais fumer sans voir la fumée ne lui procura aucun plaisir et il décida de se passer du tabac comme il s'était passé de sa montre, après avoir essayé en vain de la remplacer en faisant des calculs compliqués, comptant les tours de garde, afin de garder la notion du temps.

Le plus dur n'était cependant pas de ne pas savoir l'heure et de n'avoir rien à faire, mais de rester silencieux. Un instant, il crut deviner que l'un des gardiens, celui qui le maintenait au fond de la tranchée avec sa respiration lourde, avait autant envie que lui d'échanger quelques mots, il essaya donc de lui parler, d'abord en allemand, puis avec ce qu'il se souvenait de yiddish ; l'homme lui répondit par des murmures conspirateurs, mais dans aucune langue qu'il reconnaisse et la conversation s'interrompit avant d'avoir commencé. Lorsqu'il pensa vraiment devenir fou à force de se parler muettement à lui-même, attaquant, se défendant ou esquivant tel un joueur d'échecs qui reproduirait devant l'échiquier une partie déjà perdue, l'Allemand réapparut pour reprendre son interrogatoire, hélas sur un sujet qui n'était plus lui, autrement dit, sans aucun intérêt.

– Savez-vous où se trouve Josef Mengele ?
– Non.
– Mais vous l'avez rencontré ici.
– Je l'ai croisé une fois au restaurant.
– Quel restaurant ?
– L'A.B.C., dans le centre.
– Où se cache-t-il ?
– Je vous dis que je ne sais pas.
– Où vit-il ?
– Je ne sais pas.
– À Olivos, comme vous avant ?
– C'est possible, je ne sais pas.
– Une cigarette ? Essayez de vous souvenir.
– Non, merci. Je n'ai aucun plaisir à fumer les yeux bandés.
– Si je vous l'enlève, vous me dites où se cache Mengele ?
– Je ne peux pas vous dire ce que j'ignore.

L'homme se retira et Eichmann sentit que, s'il n'avait pas été attaché, il se serait mis à genoux pour le supplier de rester encore un peu, de fumer ensemble cette cigarette et continuer à discuter, même d'Auschwitz s'il le voulait, n'importe quoi sauf passer d'autres heures interminables en silence dans le noir. Mais les heures interminables revinrent, silencieuses et obscures, où même manger ne le soulageait pas, car à l'aveuglette, rien ne semblait avoir de sens ni de consistance, comme si tout cela arrivait à un autre, ou comme si cela lui arrivait à lui, mais sans la moindre validité puisqu'il ne pouvait le raconter à personne. Pauvre aveugle qui l'avait dénoncé ! Dieu fasse qu'il obtienne au moins sa récompense bien méritée.

Toute sa frustration se concentra sur la chaîne avec laquelle il était attaché au lit comme un chien à sa niche, le bruit qu'elle faisait en cognant contre le fer le réveillait dès qu'il parvenait à s'endormir ; une nuit, un après-midi ou un matin, il pensa même qu'il faisait un infarctus et en informa son geôlier. Il fut examiné par le même médecin qui l'avait examiné au début, et ne lui trouva rien d'anormal, mais au moins il avait réussi à les inquiéter, car l'Allemand revint l'interroger, cette fois-ci en lui posant des questions sur tout : comment avait-il intégré le Parti, comment fonctionnait sa section administrative, le bureau IV B 4 (a et b), qu'avait-il fait dans chaque pays que le Reich annexait, où l'avait surpris la fin de la guerre et où s'était-il caché ensuite, comment avait-il rejoint l'Argentine et qu'y avait-il fait depuis.

Eichmann répondit à toutes ces questions, même les plus compromettantes, en ajoutant des détails et des silences opportuns aux réponses qu'il avait déjà fournies à Sassen, sur le ton de *Märchen* auquel il était entraîné. Plus il détaillait quel avait été son rôle précis sur chaque territoire et à chaque occasion, plus logique et plus machinal son travail lui apparaissait, comme s'il n'avait pas obéi aux ordres mais juste vérifié qu'ils se réaliseraient par eux-mêmes, tel un superviseur (celui qu'il avait été sur le point de devenir chez Mercedes-Benz et qu'il ne serait plus) contrôlant une chaîne de production, ou en l'occurrence, de destruction. Quant à la question du nombre de déportés, au lieu de l'éviter, Eichmann comprit qu'il valait mieux y répondre, après avoir négocié avec lui-même si c'était plutôt vingt ou cinquante mille, conscient que si cent morts étaient une horreur, cent mille n'étaient qu'une statistique. Ces chiffres avaient beau être élevés, surtout si l'on s'arrêtait sur le fait que chaque unité correspondait à un individu, ils perdaient des zéros, et avec eux, une certaine dimension, dès qu'ils étaient mis en parallèle avec d'autres chiffres aussi élevés, comme cela arrive quand on évalue de grands espaces ou de longues périodes, exprimés en unités de mesure complexes qui enferment, même sous un seul chiffre, l'incommensurable. Les mots aussi perdaient de leur magnitude à force de les répéter, y compris ceux qui ne cachaient pas leur signification, démontrant que les euphémismes qu'il s'étant tant évertué à utiliser à l'époque - *Umsiedlung*, déménagement, *Raümung*, évacuation, *Sonderbehandlung*, traitement spécial, *Arbeitseinsatz im Osten*, mission à l'Est, *Endlösung*, solution finale - n'étaient qu'un accélérateur de processus naturels, puisque à la longue aucun mot ne survit s'il s'obstine à supplanter la capacité du cerveau à imaginer sa signification concrète. C'était le cas des gros mots en Argentine : à force d'être dits et répétés, ils semblaient être devenus des gentillesse, utilisées pour exprimer son admiration, voire sa tendresse.

Les fondations de tout, pour l'exprimer en termes d'architecture, consistaient à ne pas parler de fondations, mais commencer directement par le plancher et les murs, se perdre dans les détails de la toiture, avec autant de naturel que, lorsqu'on s'apprête à débattre, on ne songe pas à la chaise sur laquelle on est installé : les Allemands et les Juifs étaient deux races distinctes, et leur cohabitation au sein d'un même *Lebensraum* était impossible ; cela ne faisait pas débat, c'était la raison d'être du débat. Remettre en doute cet axiome racial revenait à retirer les chaises de ceux qui y étaient assis, ou les fondations-mêmes de la maison ; c'était supprimer le langage commun qui avait permis de faire naître le débat. Une fois cette base solidement fixée – et il n'y avait aucune raison qu'elle cesse de l'être, même si quelqu'un marchait dessus –, le reste n'était plus que nécessité : d'abord l'émigration, ensuite la déportation, et pour finir, l'annihilation physique. Chaque pas fait en direction de la nécessité les éloignait de la discussion de fond ; la seule capable d'ébranler le sol et de les faire tomber. C'était pour cela qu'il s'était entraîné devant Sassen à passer pour un enthousiaste de l'émigration, un résigné de la déportation et un ennemi farouche de l'extermination ; à partir du moment où l'on ne revenait pas à l'essentialisme, toute nécessité devenait relative, matière à débat rétrospectif.

– Bon, maintenant vous allez me dire où se trouve Mengele ?

L'interrogateur invisible des trois derniers entretiens réinsistait ; entre eux s'était établie une relation de confiance, voire une certaine fraternité, du moins de la part d'Eichmann, qui n'avait rien à faire de ses journées ni de ses nuits, sauf attendre ces moments où il pourrait discuter avec quelqu'un, même si c'était son ennemi, tel un chien attendant son maître qui ne le caresse pourtant jamais.

– J'ai déjà eu l'occasion de vous dire que je n'en savais rien.

– Vous avez maintenant l'occasion de vous corriger.

– Mais je...

Il jouait à celui qui doute, car en vérité, il avait déjà franchi la ligne et décidé de parler si on le lui redemandait, calculant qu'assez de temps avait passé pour que le docteur Mengele ait appris sa disparition et soit retourné au Paraguay ; Eichmann ne voulait vraiment pas céder à la bassesse de la dénonciation, comme tous ses anciens camarades ; il n'avait pas l'intention que cette maison qui avait été sa perte, comme l'avait prédit Mengele, devienne également celle de Mengele, mais il ne pouvait pas non plus s'offrir le luxe d'empirer sa situation en gardant pour lui une information que les Juifs avaient peut-être déjà, et dont ils ne cherchaient qu'à avoir la confirmation.

Rien ne changea cependant en leur ayant donné l'adresse de Mengele à Olivos, qu'il avait mémorisée plus par ressentiment bourgeois que pour l'utiliser dans de telles circonstances. Avec une infinie tristesse, il dut admettre que, soit il avait perdu son habileté pour traiter avec les Juifs, soit il la devait plus à son pouvoir qu'à sa personne. Une troisième possibilité étant que ces jeunes hommes, progénitures de la génération qu'ils n'avaient pu éliminer, constituent une race améliorée. C'était le problème quand on taillait le mal au lieu de le déraciner : il finissait par repousser plus robuste. Pour cette raison, Eichmann avait beau nier toute implication dans ces trains remplis d'enfants, en tout cas exprimer clairement que l'idée n'était pas de lui, au fond il pensait que ces *Kindertransport* auraient dû être les premiers à rouler ; quel sens cela avait d'éliminer les adultes si on gardait en vie le matériau biologique assurant leur pérennité, dans le temps mais surtout dans l'espace ?

Ils en étaient la preuve vivante, ces Israéliens qui l'avaient retrouvé au bout du monde et surveillé pendant des mois pour finir par le séquestrer, ajoutant à l'intellect la force physique, qu'ils exerçaient d'ailleurs si bien sur les Arabes. Étaient-ce eux aussi qui avaient répandu la rumeur du Koweit pour lui faire croire qu'ils avaient mordu à l'hameçon, qu'il se sente en sécurité et ne quitte pas l'Argentine ? Eichmann le leur demanda avec une certaine fierté, car en un sens, il pouvait se considérer comme le père de cette race améliorée. S'il avait pu terminer son travail, ces jeunes hommes n'existeraient pas aujourd'hui. Sans parler de leur pays. À lui, Adolf Eichmann, ils auraient dû être reconnaissants d'avoir réussi à faire en sorte que les Anglais les prennent en pitié et leur cèdent ce territoire qu'ils réclamaient depuis des millénaires. En tout cas, ils ne pouvaient nier qu'il avait au moins autant fait que Herzl pour sa création. Pas plus qu'Eichmann ne put nier qu'il n'était pas si surprenant que cela que ces hommes lui annoncent qu'ils l'emmèneraient justement en Israël.

– Comment ça, en Israël ?

Ses mains et son visage se mirent à trembler.

– Vous comparaitrez publiquement devant un tribunal pour les crimes que vous avez commis.

Eichmann pensa : je suis Moïse, j'ai guidé le peuple juif jusqu'en Terre promise mais j'ai l'interdiction d'y entrer. Cependant, il leur dit :

– Je n'ai commis aucun crime et je n'irai nulle part avec vous.

– Réfléchissez-y.

– C'est tout réfléchi. Si vous voulez me juger, que ce soit ici, après tout, c'est aussi mon pays. Ou alors en Allemagne, là où je suis né. Israël n'a rien à voir avec ça.

– Israël a beaucoup à voir avec ça. Pour la première fois, le peuple juif pourra juger sur sa propre terre un homme qui a œuvré à sa destruction.

– Je n'ai jamais rien eu contre les Juifs. À l'école, je m'asseyais à côté d'un Juif, Harry Sebba, je me rappelle encore son nom, on était très amis. Un parent de ma belle-mère m'a trouvé du travail dans une compagnie pétrolière, et il était juif, plus tard il m'a demandé de l'aider à émigrer alors que ce n'était plus possible, bien sûr j'ai donné mon autorisation. Je ne suis pas antisémite, bien au contraire. Si j'étais né juif, j'aurais été un sioniste fanatique.

– Ne vous emballez pas trop. Dans vos papiers, nous avons trouvé que vous n'aviez jamais remis le certificat de pureté raciale de votre couple, vous évitant ainsi d'avoir à prouver celle de votre grand-mère maternelle, Johanna Schifferling, née Johanna Gross. Nous avons des raisons de soupçonner pourquoi vous avez contourné cette procédure...

Eichmann se souvint de Heydrich, qui avait fait enlever la pierre tombale de sa grand-mère parce qu'elle avait un nom suspect (Sarah), alors son tic facial, devenu convulsion, l'empêcha de prendre connaissance de cette alarmante nouvelle avec l'indifférence dont il aurait voulu faire preuve. S'ils étaient en possession de cette donnée que lui-même avait oubliée, ils devaient tout savoir de lui. Avec un peu de malchance, ce dont il n'avait jamais manqué, ils avaient même mis la main sur les bandes enregistrées chez Sassen, où il avait clairement trop parlé. Il envisagea de transformer cette faute en vertu en affirmant que oui, il était juif du côté de sa mère, mais il savait aussi qu'il ne pouvait s'abaisser à une telle humiliation, surtout parce que cela aurait impliqué de la léguer définitivement à ses fils. Il en avait déjà assez dit en se présentant comme un second violon.

– Réfléchissez-y.

La voix se tut.

– Nous avons tout le temps du monde.

Tout le temps du monde ! Quelle menace perverse. Il voulut expliquer à son interrogateur que ce manquement administratif ne signifiait rien, que la bureaucratie nazie était beaucoup plus désorganisée et chaotique que l'on croyait, comme il le lui avait expliqué au sujet des *Transport*, qui partaient souvent en plein désordre, avec une improvisation dont même les Argentins n'auraient pas été capables ; mais l'homme était déjà parti, le laissant en compagnie muette du gardien, ce qui était pire que la solitude car il ne pouvait pas expulser tranquillement ses flatulences.

Il n'avait pas à se plaindre de la nourriture, qui lui semblait plutôt bonne. Était-elle kasher ? Sûrement. Du moins, il ne se rappelait pas qu'ils aient mélangé de la viande et du lait dans aucun plat, ni servi du porc. Ce qui était un bon argument pour se rendre en Israël. Si on le jugeait ici, il devrait manger de la viande grillée toute la journée en l'arrosant de maté.

Comment pouvait-il penser à la nourriture en de telles circonstances ? Sa capacité à déconnecter son cerveau de ces pensées désagréables, volontairement schizophrène, ne cessait jamais de le surprendre, même quand il ne pouvait recourir à l'excellente méthode du lever de coude. Il avait une autre stratégie infaillible, depuis petit déjà, qui consistait à réciter le Credo : *Je crois en un seul Dieu, le Père Tout-puissant, créateur du ciel et de la terre*... En arrivant à Ponce Pilate, il ne se souvenait plus pourquoi il priait et pouvait reprendre le cours de sa vie comme si rien ne s'était passé.

Mais concrètement, que s'était-il passé ? Rien de plus que ce qui devait se passer. Toute sa vie n'avait été qu'un chemin menant à cette destination, depuis sa naissance mythique en Palestine jusqu'à son amitié avec le Grand Mufti de Jérusalem, en passant par la fausse piste qui le faisait habiter cette région depuis la fin de la guerre. En ce sens, Israël était un aussi bon ou mauvais endroit qu'un autre pour comparaître devant un juge. Cela ne pourrait pas être pire que pour ses camarades qui avaient été jugés en Allemagne. Il restait même la possibilité que la peine de mort n'existe pas en Israël, cet État si moderne et prétendument modèle. S'ils avaient voulu le tuer, ils l'auraient fait en creusant une tranchée devant chez lui, ou ici même, après lui avoir soutiré toutes ces informations.

– Alors, vous avez réfléchi ?

Le faux Berlinois avait réapparu pour lui offrir une fausse occasion de s'exprimer sur un faux choix. Eichmann en profita pour insister :

– Je n'avais pas le choix ! C'étaient les ordres. Soit j'obéissais, soit on me fusillait. Et vous, vous n'êtes pas en train d'obéir aux ordres de votre patrie ? Vous ne feriez pas tout ce qu'on vous dirait de faire ?

– Non.

– Bien sûr que si, comme n'importe quel patriote. Même si, bien sûr, on peut toujours opter pour le suicide. Je l'accepte. Évidemment, j'ai raté l'occasion de me tirer une balle au bon moment.

– Pas la peine de penser à des choses comme ça.

La voix, devenue paternelle pour Eichmann, prit une dimension presque cléricale, de Père avec une majuscule.

– Ce sera un procès juste, face au monde et aux médias. Vous pourrez choisir qui vous défendra et, si vous n'avez commis aucun crime, comme vous dites, ou rien de grave, vous n'aurez rien à craindre. Réfléchissez-y encore.

Mais il ne pouvait plus réfléchir à rien, pas les yeux bandés dans cette solitude épouvantable, avec ce froid automnal qui s'infiltrait dans ses os, malgré les couvertures et la fenêtre fermée.

– *Na gut*[1].

– *Ausgezeichnet*[2]. Seriez-vous disposé à le mettre par écrit ?

Eichmann dut faire une effort pour s'empêcher de sourire. Cette formalité, clairement pensée pour que le gouvernement argentin ne puisse les accuser de séquestrer l'un de ses citoyens sur son propre sol, lui rappela les siennes avec les Juifs qu'il envoyait à

1. Bien.
2. Excellent.

l'abattoir, surtout les étrangers ; toutes ces lettres, d'un côté comme de l'autre, tant de paperasse pour que tout cela finisse en cendres. Mais peut-être que ces politesses n'étaient qu'une façon subtile de torturer le bureaucrate qu'il était, ou bien il s'agissait d'un cruel œil pour œil administratif, une lente pendaison d'écritoire.

– Qu'est-ce que je devrais mettre par écrit ?

– Je vais vous enlever votre bandeau - ce qu'il fit - et nous rédigerons ensemble le document.

L'homme lui tendit une feuille et un stylo, avec une expression satisfaite de vendeur sur le point de conclure une opération frauduleuse ; l'expression caractéristique, presque génétique, avec laquelle cette race soumettait le reste du monde depuis des siècles, pensa Eichmann, sans rancœur. Pour retrouver la vue, il aurait rédigé sa propre condamnation à mort, même si tout ce qu'il avait devant les yeux n'était qu'un quadragénaire à grosse moustache et petites oreilles, les cheveux plaqués en arrière, les sourcils broussailleux et désordonnés, avides. Il aurait préféré être obligé de regarder ce visage mou, à peine espiègle, pour l'éternité, plutôt que de retourner à cette noirceur, tout aussi éternelle à chaque minute qui passait.

Ils se mirent d'accord : l'Allemand dicterait tandis qu'Eichmann, s'il n'avait pas d'objection à cela, transposerait ses paroles sur le papier. Ce qu'il fit avec un lent tracé très concentré. Non seulement il n'omit aucune phrase, mais il demanda la permission d'en ajouter une de son cru, stipulant que l'État d'Israël s'engageait à lui fournir les ouvrages et les documents nécessaires à la préparation de sa défense.

Son projet de fond était beaucoup plus ambitieux. Il profiterait de son incarcération pour écrire enfin ses mémoires, qui ne seraient plus seulement adressés à ses fils, mais un exemple (à ne pas suivre) pour toutes les générations futures. Un livre comme un voyage au centre de sa frustration : les dieux resplendissants de sa jeunesse s'avéreraient être des fantoches aux pieds d'argile. Il imaginait une œuvre aussi factuelle qu'ésotérique, dans laquelle la donnée concrète d'un événement ponctuel cohabiterait avec une réflexion transcendante sur notre appartenance au cosmos, au-delà de notre passage fugace par la matière.

Ils voulaient qu'il parle ? Eh bien, il parlerait jusqu'à ce qu'on lui tranche la gorge. Il obéirait comme il avait toujours obéi, aux ordres de son père quand il était enfant, jusqu'à ceux du *Sturmführer* qui l'avait envoyé suivre un entraînement militaire à Dachau : tandis que les autres soldats se retiraient à l'infirmerie, il continuait à faire la planche entre les gravats et les chardons, les bras sanguinolents. Le *Kadavergehorsam*, l'obéissance aveugle, était sa manière à lui de protester, comme il l'avait démontré en redoublant d'effort quand le Führer avait donné l'ordre de l'*Endlösung*, avec laquelle il n'avait jamais été d'accord. C'était comme si ce refus auquel ils le poussaient multipliait ses forces pour aller jusqu'au bout. Se plaindre, c'est pour les enfants, pensait-il, pareil que de s'en vouloir après. Comme l'enseignait son philosophe préféré, un homme fait ce qu'il doit faire avec d'autant plus d'acharnement qu'il ne répond pas à ses goûts ni à sa nature.

La seule chose qu'il espérait était d'y aller en bateau. Il détestait l'avion. Ce fut pour cette raison qu'il paniqua lorsqu'ils le détachèrent du lit, lui ôtèrent son bandeau et lui enfilèrent un uniforme de pilote, bonnet compris, pour le prendre en photo. Était-il possible que sa vie soit damnée à ce point ? Quoi qu'il planifie, quoi qu'il souhaite, quoi qu'il fasse ou veuille faire, le destin se débrouillait toujours pour lui barrer la route.

L'idée était de le faire passer pour un membre de l'équipage de l'avion d'El Al venu en Argentine pour la célébration des cent cinquante ans de l'Indépendance. Il fallait bien admettre qu'elle n'était pas mauvaise. Les Juifs n'avaient décidément jamais manqué d'astuce.

Puis tout s'accéléra. Dans la maison régnait une nervosité palpable, les occupants faisaient des allées et venues de l'autre côté de la porte et à l'étage d'en dessous, parlant vite et à voix moins basse. À un moment, ils cessèrent de lui donner à manger et à boire. Il comprit pourquoi lorsque le médecin l'informa qu'on le mettrait sous sédatif, sans l'endormir complètement.

– Vous garderez les yeux ouverts et vous serez conscient, mais vous ne pourrez pas bouger tout seul, d'accord ?

– Tout cela n'est pas nécessaire, je me suis déjà engagé à collaborer, et je suis un homme de parole.

– C'est pour votre bien, pour que vous ne soyez pas nerveux.

Ils lui remirent l'uniforme de pilote, mais cette fois sans blouson. Eichmann leur signala l'oubli, et après avoir titubé un instant durant lequel ils semblèrent surpris par sa bonne volonté, ils lui expliquèrent qu'ils laisseraient pendre la seringue sous sa chemise, afin que le médecin y ait facilement accès si jamais il fallait doubler la dose. Eichmann insista sur le fait qu'une première injection n'était pas nécessaire, mais ils la lui administraient déjà. Quelques minutes plus tard, il traversa pour la dernière fois la nuit sud-américaine en direction du nouvel aéroport d'Ezeiza, le plus grand du monde au moment de son inauguration, dix ans plus tôt. S'il ne pouvait plus bouger, il voyait, entendait et comprenait tout ce qui se passait autour de lui, du moins si cette folie était compréhensible, elle qui ne tarderait pas à déclencher un scandale diplomatique, et ce malgré la lettre signée de sa main ; il ne devait exister aucun traité international qu'ils ne soient en train de violer.

Mais ce n'est plus ton problème, Eichmann, se dit-il, comme si ses pensées aussi étaient anesthésiées et qu'il les percevait tel un étranger, à la troisième personne. Ton problème, maintenant, c'est de te tenir face aux juges et les convaincre que tu n'étais qu'un rouage de la grande machinerie de l'extermination. Les juges, mais aussi le public du procès et tous ceux qui le suivraient dans les médias et l'analyseraient. Peut-être les derniers plus encore que les premiers, qui viendraient sans nul doute avec leur opinion tranchée, voire une sentence déjà prête. Ces justiciers-là, tu ne les convaincras de rien. Ton objectif, ce sont les autres, et pour ça, tu devras t'abaisser à leur niveau, voire plus bas encore. Si jusqu'à présent tu étais le second violon, tu devras devenir le troisième, le quatrième, un membre du peloton obéissant sourdement au chef d'orchestre, moins musicien qu'instrumentiste. Un simple instrument. La sonde sans équipage que les Russes viennent d'envoyer sur la Lune, voilà ce que tu dois être : un robot. Ou un imbécile, si tu préfères. On ne peut juger ni un imbécile ni un robot, en tout cas pas avec le même bâton ou la même guillotine. Et ce n'est pas parce que tu deviens l'un ou l'autre que tu dois ravaler ta fierté. On peut être fièrement robot, fièrement imbécile. Fièrement conscient qu'ils croiront te juger, mais seront condamnés, au fond, à se faire encore berner par la *Herrenrasse*, la race supérieure. Voici l'arme miraculeuse, la *Wunderwaffe* avec laquelle tu livreras - même paralysé, diminué, tertiarisé - la dernière bataille de cette guerre totale pour la subsistance de notre patrie et de notre race. Alors, courage. Crois-y. Que pour une fois dans cette putain de vie la chance soit de ton côté.

After office

Donnez-le-moi maintenant
et je le détruirai de mes propres mains.
Harry Mulisch

Qui m'a demandé de me fourrer là-dedans ?

Je ne me sens absolument pas à ma place, bien que ce salon puisse tout à fait être celui de la maison de mes parents : les fauteuils bas, périodiquement retapissés, même si ça coûte très cher, parce qu'on sait que les meubles neufs vieillissent de plus en plus vite ; les lampes hautes disséminées stratégiquement dans la pièce pour créer un effet accueillant que le lustre blafard suspendu au plafond menace tout le temps de détruire ; le parquet sombre recouvert de tapis de styles divers et pas nécessairement compatibles ; le petit poêle encastré dans un coin que l'on ne remplit plus de bois depuis longtemps mais que personne ne se décide à transformer en chauffage à gaz ; les rideaux toujours tirés pour qu'on ne voie pas à l'intérieur depuis la rue et cette odeur de maison de famille allemande qui semble émaner des livres écrits dans cette langue, alignés sur les étagères de la grande vitrine où est aussi rangée la vaisselle des grands jours, bien que ce ne soient pas les mêmes que ceux fêtés dans ma famille : absolument tout cela pourrait se trouver, d'ailleurs ça y est encore, dans la maison où j'ai grandi avec mes frères, à si peu de distance que j'aurais presque le temps de partir en courant le raconter à mon père et revenir avant que la maîtresse des lieux réapparaisse avec les tasses de porcelaine presque fabriquées en Allemagne (Pologne), accompagnées de *Spekulatius* et de *Brezel* achetés chez Renania, la pâtisserie allemande où j'ai travaillé quand j'étais jeune, sous les ordres d'un pâtissier très gros et assez nazi.

L'idée me traverse de courir le raconter à mon père parce que c'est lui qui, d'une certaine manière, m'a poussé à écrire le livre qui m'a conduit dans cette maison presque voisine à laquelle il ne manque qu'une *mezouzah* à la porte pour qu'il s'agisse de la sienne. Tout cela vient de la haine incontrôlable que me père ressentait envers Adolf Eichmann, bien supérieure à celle qu'éveillaient en lui les autres dirigeants nazis, y compris l'autre Adolf que, peut-être influencé par Chaplin, il considérait comme un personnage grotesque, même pas digne de mépris. Régulièrement, il me répétait qu'Eichmann était la seule personne au monde qu'il aurait aimé tuer de ses propres mains s'il n'avait été déjà mort. Des mains, il faut le préciser, avec lesquelles il ne pouvait même pas étouffer les chatons qui se perdaient dans notre jardin après avoir été rejetés par leur mère, et qui venaient grossir les rangs de notre zoo domestique avant qu'on leur trouve un nouveau maître.

Je n'ai jamais très bien compris sa rancœur particulière envers ce petit homme gris qui avait été jugé et pendu, alors que tant d'autres avaient échappé à cette sentence, en plus d'être de meilleurs exemples de génie du mal. Ç'avait peut-être un rapport avec le fait que mon père soit architecte et que l'on surnomme Eichmann ainsi, l'architecte de l'Holocauste, ou peut-être parce qu'il avait vécu ses dernières années en Argentine, même si c'était aussi le cas de beaucoup d'autres.

Pour comprendre l'origine des sentiments de mon père – qui sait peut-être aussi pour les partager – l'idée m'est un jour venue d'enquêter et d'écrire sur ces années que le génocidaire avait passées en Argentine. Quand je lui ai parlé de ce projet, mon père m'a dit de ne pas le faire, que cette raclure ne méritait pas que l'on s'intéresse à elle, et encore moins le petit-fils d'une survivante de ses crimes. Comme mon intention restait ferme, il m'a menacé de ne plus jamais m'adresser la parole si j'écrivais quelque chose de positif sur Eichmann ; quoi que ce soit de positif.

Nous n'avons pas réabordé le sujet et j'ai laissé mon projet en suspens, craignant de possibles représailles familiales, jusqu'à ce que, lors d'un *asado* du dimanche, comme ça, sorti de nulle part, car mon père ne boit pas, il me fasse une confession qui m'a totalement glacé par son atroce banalité : il avait toujours voulu savoir, m'a-t-il dit, quel vin Eichmann avait bu avant de monter à l'échafaud. Est-ce que je pourrais lui trouver ça, si j'écrivais mon roman ? Après avoir beaucoup réfléchi, avait-il continué, il était arrivé à la conclusion que, puisque c'étaient des Juifs qui avaient retrouvé puis jugé celui qui, d'après lui, était le plus grand criminel de tous les temps, ce n'était peut-être pas si paradoxal ni absurde que ce soit un Juif qui se charge d'en capturer le personnage et de le condamner à la fiction.

Mon objectif atteint, ou plutôt celui de mon père, je suis allé me promener dans le quartier afin de m'aérer la tête, mais aussi dans la vague idée de parcourir les lieux du roman, chose que j'avais évitée tout ce temps, de même que les films sur le sujet, pour ne pas être contaminé par le présent. Rien n'est plus dur à comprendre que le passé quand il a eu lieu au même endroit que notre vie actuelle, y compris son propre passé. Si on pouvait changer de corps, je crois qu'on aurait moins de mal à percevoir à quel point on a vieilli.

Le premier but de ma balade était le n° 4261 de la *calle* Chacabuco, la maison où les Eichmann avaient vécu le plus longtemps en Argentine. À la fin des années 50, l'agent envoyé par le Mossad pour corroborer les éléments fournis par Lothar Hermann, le Juif aveugle, le père de Silvia, avait délaissé cette piste, considérant que cette partie du quartier d'Olivos était trop pauvre pour qu'un dirigeant nazi s'y cache. La maison était encore là, avec son jardinet et sa cour, mais agrandie d'un étage supplémentaire et d'un garage. Sur le terrain d'à côté, avaient été construits deux immeubles, affreux et discordants, mais le reste de la rue demeurait constitué de maisons plus ou moins basses. À l'angle de la *calle* Paraná, une rue très passante qui débouche sur ce qui est aujourd'hui l'immense Panaméricaine, il y avait un magasin de freins et d'embrayages, et devant la façade, je me suis demandé si ce n'était pas le successeur de l'atelier de Mobylettes où travaillait Dieter Eichmann quand son père avait été séquestré.

J'ai dû refréner mon instinct de journaliste pour ne pas appuyer sur la sonnette et demander à entrer. Tu n'es pas sorti pour continuer l'enquête, me suis-je souvenu, mais pour mettre un point final à tout cet horrible passé en visitant ses ruines. Je n'aurais rien gagné, par ailleurs, à visiter l'intérieur totalement refait d'une maison ordinaire en tout point, hormis le locataire y ayant habité soixante-dix ans plus tôt. J'ai lu quelque part que des bus remplis de touristes venaient au n° 6067 de la *calle* Garibaldi, à San Fernando, et que quand la maison a été démolie, au début de ce siècle, l'endroit continuait d'attirer les curieux. La maison avait beau être la même, rien ne devait être plus différent du San Fernando de l'époque que le San Fernando actuel. En même temps, sur la page Wikipédia, la seule chose qu'on y lit est que le criminel de guerre Adolf Eichmann a vécu là, comme si rien de notable ne s'y était jamais passé. Le plus triste étant que, au risque de surestimer notre nouvelle Encyclopædia Britannica, c'est probablement la vérité.

Mais au-delà des habitations, ce que j'ai ressenti en marchant dans ces rues, c'était que la présence d'Eichmann et de tous les nazis installés là à l'époque en avait modifié la géographie dans sa dimension la plus subtile : l'air. Savoir que cet assassin de masse avait vécu dans ces lieux en rendait l'atmosphère étrange pour toujours, comme un nuage toxique qui s'étend au point d'embrasser, même dilué, le pays tout entier. Ce même nuage qui recouvre l'Allemagne depuis que la guerre est terminée et que le travail d'oubli a commencé ; ce nuage qui recouvre l'Occident et ne finit pas de disparaître, même avec l'aide d'autres nuages holocaustiques. Mais la raison pour laquelle je n'avais jamais voulu arpenter la partie fasciste de ce quartier était autre, et je m'en suis aperçu à cet instant : quand j'aurais parcouru ce trajet, je devrais continuer à vivre là. On raconte que la cage en verre dans laquelle Eichmann était exposé à Jérusalem ne servait pas à le protéger d'une éventuelle agression, mais à ce que personne dans la salle ne respire le même oxygène que lui ; une conception si précise du rejet physique produit par la présence de ce génocidaire, alors même que son corps n'était plus là, qu'il importe presque peu que ce ne soit qu'un mythe.

Mais céder au pathétisme ne faisait pas partie de mon plan péripatétique, j'ai donc poursuivi mon *nazi tour* jusqu'à la demeure de Mengele, au n° 970 de l'*avenida* Virrey Vertiz, en passant d'abord par le n° 1429 de la *calle* Monasterio, où l'on centralisait apparemment les émigrants légalement illégaux dès leur arrivée, dont la plupart avaient vraiment été cachés dans des monastères italiens. Je suis resté de ce côté de l'*avenida* Maipú pour faire un crochet par La Casona de l'*avenida* Valentín Vergara, au n° 2547 ; aujourd'hui, c'est une maison de retraite, mais au début des années 50, c'étaient les locaux des éditions Dürer, l'épicentre intellectuel du nazisme tardif, à travers *Der Weg*, cette revue qui semblait écrite dans les années 30 et n'était plus antisémite que parce qu'ils n'avaient pas le budget pour imprimer plus de pages.

En chemin vers ces vestiges de matière cérébrale des années 50, j'ai traversé la *calle* Libertad et décidé d'aller voir le bunker où Eichmann avait cédé à la vanité d'écrire son propre livre. Au n° 2755, la maison était beaucoup plus imposante que celle des Eichmann, avec un *palo borracho*[1] planté devant ; si j'avais su, je l'aurais mis dans le roman, non seulement à cause du nom, mais aussi de son tronc couvert de picots, un arbre à la fois ridicule et inhospitalier, symbolique de la résidence sur laquelle il veillait. J'ai allumé une cigarette (j'ai recommencé à fumer en écrivant le roman) sans savoir très bien quoi penser de cet endroit chargé d'histoire, lorsqu'une femme est sortie de la maison et m'a demandé ce que je cherchais, moins méfiante que curieuse.

– Vous saviez que votre maison était célèbre ? lui ai-je dit, comprenant son inquiétude à me voir rôder là.

– Je sais, mes beaux-parents l'ont achetée à Sassen.

C'était une femme d'une soixantaine d'années, peut-être un peu plus, très maigre et assez grande, aux yeux clairs, avec une épaisse chevelure grise et un nez étonnamment large sur un visage de moineau, comme si elle s'était fait opérer pour l'agrandir au lieu de le raboter. Elle portait une robe de chambre en soie fuchsia et des pantoufles en daim, mais on voyait qu'en dessous elle était vêtue d'un pantalon en lin beige et d'une chemise à motifs.

1. Bâton ivre.

– Vous l'avez connu ?

– Sassen ? Je crois que oui, mais je ne m'en souviens pas. Et vous, pourquoi...

– J'écris un livre sur Eichmann.

– Ah, vous voulez entrer ?

L'invitation m'a pris au dépourvu, et tout aussi au dépourvu, je l'ai acceptée ; c'est là où je me trouve maintenant, en attendant que Gertrudis (c'est son prénom, m'a-t-elle dit) revienne de la cuisine avec le café qu'elle m'a proposé pour accompagner ma cigarette, et au passage, en fumer une elle aussi. Nous les fumeurs, nous ne sommes plus très nombreux et le seul fait de partager ce vice crée entre nous une confiance mutuelle que nous aurions par un autre biais mis des années à construire.

– Donc, vous me disiez que vous écriviez un livre sur Eichmann ?

Elle a réapparu avec le plateau en argent et les tasses en porcelaine que j'avais imaginés, mais au lieu de *Brezel*, c'étaient des petits morceaux d'*Apfelstrudel*, de la pâtisserie Renania, évidemment.

– Je l'ai fini, grâce à Dieu. Ou au Diable, en l'occurrence.

– Eichmann vivait dans le quartier. Mon mari, qu'il repose en paix, disait qu'enfant il l'avait vu plusieurs fois dans la rue.

– Votre mari était allemand ? ai-je demandé naïvement, donnant à ce mot la connotation inverse de celle qu'un Allemand lui aurait donnée en me demandant la même chose.

– Non, argentin. Moi aussi. Nos parents étaient allemands, enfin, lui, son père était autrichien et sa mère, allemande. Les miens étaient allemands tous les deux.

Je lui offre enfin la cigarette qu'elle mérite, tout en sentant que cela doit lui être interdit et qu'elle m'utilise comme excuse pour rejeter la faute sur moi si jamais l'un de ses enfants entrait, en supposant qu'elle en ait.

– J'ai lu un livre sur Eichmann, me dit-elle, savourant le tabac avec tellement de plaisir que ça me donne envie de m'en rallumer une. Sur la façon dont il s'est fait attraper par le Mossad. Un livre passionnant, ça se lit comme un roman.

Je lui demande lequel, elle ne se souvient pas du titre, je lui dis qu'il y a trois livres écrits par des anciens agents israéliens. Le premier étant celui du chef des opérations, Isser Harel, publié en 1975 et fondé en bonne partie sur le témoignage de Peter Malkin, l'agent qui a physiquement attrapé Eichmann, et qui a sorti son propre livre en 1990. Sept ans plus tard, pour finir, ç'a été au tour de la version de Zvi Aharoni, qui s'appelait en réalité Hermann Arndt, né à Francfort-sur-l'Oder, l'homme qui avait interrogé Eichmann. Gertrudis me dit qu'elle ne se rappelle pas l'auteur mais que ce qui l'a le plus impressionnée, c'est quand Eichmann récite une prière en hébreu aux agents du Mossad pour leur montrer qu'il est un ami des Juifs, ce à quoi je me sens obligé d'ajouter que Harel, qui n'était pas sur place, tient ça de Peter Malkin, qui invente la moitié de ce qu'il raconte, à commencer par le fait qu'il discutait avec Eichmann pendant qu'il le surveillait, alors qu'ils n'avaient aucune langue en commun.

– Je suis navré de devoir vous dire que tout ça n'est jamais arrivé, de même que d'autres choses racontées dans ce livre.

– Comme quand on l'emmenait aux toilettes et qu'il demandait pardon dès qu'il lâchait un gaz, ça non plus ce n'est pas vrai ?

– Qu'en pensez-vous ?

– Quelle histoire ! me répond-elle, déçue que le livre qui se lisait comme un roman s'avère être en effet un roman.

Elle me repose une question sur le mien, je lui parle de la haine viscérale de mon père envers Eichmann, de la façon dont en est née ma curiosité et l'idée d'écrire ce livre, même si ce n'était pas vraiment pour découvrir quel vin il avait bu avant d'être pendu.

– En ce sens, moi aussi j'ai obéi aux ordres. Je m'en aperçois sur le coup. Je ne peux me considérer responsable du résultat qu'en tant que complice. J'ai fait un *Beihilfe zum Wort*.[1]

– Vous parlez allemand ?

En me mettant à parler cette langue, je lui avoue ma culpabilité et ma peur face à la réaction de mon père quand il s'apercevra que je n'ai pas décrit Eichmann comme le monstre dépeint par le juge durant le procès, ni comme l'imbécile popularisé par Hannah Arendt, une femme tellement intelligente que, pour montrer son mépris envers le méchant de son livre, elle n'a pas voulu lui reconnaître la moindre once de l'aptitude humaine qu'elle estimait le plus. Je ne l'ai pas non plus décrit comme un robot, c'est-à-dire comme un imbécile au sens neutre du terme, bien que ce soit la thèse du grand Harry Mulisch, qui était lui aussi à Jérusalem.

– Alors comment le décrivez-vous ?

– Je ne sais pas. Comme un médiocre qui a réussi. Un taré assez vif. Un complexé assoiffé de vengeance. Un antisémite théorique mais sans manuel d'instruction. Un étron qui a appris à cacher son odeur. Un fanatique vaincu par l'égoïsme. Un cynique sentimental. Un courageux de la lâcheté. Un pauvre type riche en malveillance. Un assassin timide. Un malchanceux que la chance a accompagné trop longtemps.

J'ai l'œil gauche qui tremble, je le calme en posant mon doigt dessus, comme si c'était à cause de la fumée de cigarette. Depuis le début de la dernière partie du roman, j'ai commencé à avoir les mêmes tics qu'Eichmann.

– Pour quelqu'un qui ne sait pas, ça fait pas mal de définitions, me console Gertrudis en attrapant une autre cigarette dans le

1. Jeu de mots avec *Beihilfe zum Mord*, « complicité d'assassinat ». Avec *Wort* (mot), l'expression devient « complicité d'acte verbal ». (Note de l'auteur)

paquet que j'ai laissé exprès sur la table. Peut-être qu'il n'y a rien à comprendre.

– Si, si, bien sûr qu'il y a beaucoup à comprendre - je m'empresse de rejeter tout scepticisme, convaincu que si la raison endormie fait pousser des Eichmann, elle peut nous les expliquer quand elle se réveille. Le problème, c'est que la compréhension n'est pas une constance dans des cas comme celui-ci. Ce n'est pas pareil que de savoir exactement quand l'eau bout. Ce n'est pas non plus une progression toute lisse qui va de l'ignorance à l'érudition. Je vois plus ça comme un va et vient. Il y a des choses qu'on ne comprend pas, puis qu'on comprend, puis qu'on ne comprend plus, le temps passe et elles redeviennent évidentes, toujours en fonction de la façon dont on évolue nous-mêmes.

– Eichmann comme miroir, dit Gertrudis. Un miroir noir. Très symbolique.

– Oui, mais attention. Les nazis étaient d'abord obsédés par le sang en tant que symbole et puis cette obsession est devenue concrète.

Un silence se fait, concret mais symbolique. Et c'est comme si les voix de Sassen et Eichmann y participaient, avec toutes celles du cercle Dürer qui d'une certaine manière flottent encore entre ces murs magnétophoniques.

– En parlant de symbole, dis-je, Eichmann a donné à Klement comme date de naissance le 23 mai, le jour exact où Ben Gourion a annoncé au monde sa capture.

– Ah, je ne sais pas, soupire Gertrudis. Parfois je me dis qu'il vaudrait mieux oublier un peu tout ça. Racontez-moi plutôt votre propre histoire.

Je finis par comprendre que c'est moi qui suis interrogé, je me rappelle que je suis venu ici en suivant sans doute le même trajet qu'Eichmann à l'époque, et je sens que je dois faire quelque chose pour sortir de ce piège où je me suis fourré tout seul. Néanmoins, je lui réponds.

Je raconte à Gertrudis que ma famille aussi est venue d'Allemagne, bien que dans son cas pour fuir ceux qui s'enfuiraient plus tard ; la plupart *a priori*, et une, la Oma Ella, *a posteriori*. Afin de rendre mon récit plus dramatique, je me limite à l'histoire de la Oma, en soulignant qu'elle est arrivée de ce côté-ci du monde la même année que Sassen.

– L'une des curiosités dans l'histoire de ma grand-mère, c'est qu'elle a continué à travailler comme infirmière à l'hôpital juif de Hambourg assez longtemps après le début de la guerre, et qu'elle a quitté son poste quand un patient lui a raconté qu'il avait entendu dire que sa mère aveugle était à Theresienstadt. Dans l'un des derniers trains qui ont quitté cette ville, rempli de Juifs décorés pendant la Première Guerre mondiale et qui avaient été préservés jusqu'alors, la Oma s'est autodéportée, en remplissant son devoir de fille à un extrême qui aurait étonné même le roi de l'accomplissement du devoir.

À l'hospice, comme les nazis appelaient ce ghetto, elle a effectivement retrouvé sa mère et elle s'est occupée d'elle, de même que de ses nouveaux patients, en tant qu'infirmière. Jusqu'au jour où le tour de sa mère est venu d'être déportée à Auschwitz.

– D'après ce que m'a raconté la Oma, elle est allée voir le rabbin Baeck, le chef spirituel de la citadelle, pour lui demander quoi faire, parce que tout le monde savait qu'Auschwitz signifiait la mort. La Oma m'a raconté que Beck lui a répondu : « Tu vas survivre », une prédiction qui serait arrivée même si elle n'avait pas survécu, puisque personne n'aurait jamais su qu'il lui avait dit une chose pareille.

Elle est donc remontée volontairement dans un *Transport*, cette gamine d'à peine vingt ans qui avait dû fuir son village natal parce que les voisins leur rendaient la vie impossible, et dont la sœur avait déjà été déportée et exterminée après qu'on était venu la chercher chez une tante mariée à un Allemand (ma grand-mère aussi disait « Allemand » pour parler des Allemands non juifs). Quand elles sont arrivées à Auschwitz, Mengele en personne, d'après son souvenir (et pourquoi lui enlever la modeste consolation d'avoir été la victime non pas de n'importe qui mais d'un assassin mondialement célèbre), Mengele l'a séparée de sa mère, et quand elle a voulu la suivre vers la chambre à gaz, il lui a donné un coup de pied dans le visage qui l'a défigurée pour toujours. Elle n'a pas pu être soignée, parce qu'elle savait que si elle allait à l'infirmerie, on lui ferait une piqûre et qu'elle n'en reviendrait pas. En faveur de la véracité de son souvenir, il faut dire que l'expérimentation forcée consistant à regarder combien de temps une blessure de ce genre met à cicatriser toute seule n'aurait pu intéresser que le pervers qui l'avait provoquée.

La Oma est arrivée tellement tard à Auschwitz qu'on ne lui a pas tatoué le fameux numéro sur le bras, mais en échange, elle n'a pas loupé l'évacuation à pied, l'une des si nombreuses marches de la mort à laquelle - pour la plus grande satisfaction d'Eichmann et de tous ceux qui pensent que le nombre de ces marches n'est que de la propagande judaïque - elle a eu la chance de survivre. Son dernier travail non rémunéré a été d'empiler des cadavres dans le camp de concentration de Bergen-Belsen, jusqu'à ce qu'elle n'en puisse plus et qu'elle se couche elle-même sur le tas pour se laisser mourir. Elle a toujours voulu savoir le nom du soldat américain qui s'est aperçu qu'elle respirait encore et qui l'a sauvée.

– Voilà l'histoire de ma grand-mère, ai-je conclu, me disant qu'en réalité c'est la mienne, parce que aujourd'hui c'est moi qui la raconte. Du bureau d'Eichmann est sorti deux fois l'ordre de déporter mon arrière-grand-mère, que ma grand-mère a suivie volontairement pour contrecarrer ces ordres. Et pour que je puisse être assis là, aujourd'hui, à raconter ce qui s'est réellement passé, et qui est très différent de ce qu'a pu raconter Eichmann au même endroit. On dit que le dernier qui rit est celui qui rit le mieux, mais on ne dit pas qu'il arrive la même chose à celui qui pleure.

Je me lève, en respirant à fond un air purifié par la présence quasi physique de ma grand-mère, comme si son petit corps avait aussi survécu à sa propre mort, survenue en douceur et quand elle était très vieille, et qu'il habitera maintenant cet endroit de son immense esprit immortel. Je me sens comme un chamane invité à venir chasser les mauvais esprits dans une maison : personne ne mérite de vivre parmi les nazis, pas même une potentielle nazie. J'ai seulement honte de devoir m'essuyer le visage et de ne pas être aussi fort que la Oma, elle que je n'ai jamais vue laisser couler une seule larme pour ce qu'elle a enduré.

– Bon, me dit Gertrudis en souriant, debout elle aussi, tâchant de détendre l'atmosphère mais réticente à avancer vers la porte, comme un invité qui ne veut pas partir. Finalement, vous l'avez percé, le mystère du vin que votre père voulait savoir ?

– Il paraît qu'il aurait bu une demi-bouteille d'un vin sec israélien, de la cave Carmel, propriété de la famille Rothschild.

Je répète l'information estampillée Malkin que j'ai trouvée sur Internet, en remerciement de son hospitalité.

– La même famille qui se trouve être propriétaire du palais viennois que les nazis avaient réquisitionné pour installer l'Office Central pour l'émigration juive, dirigé par Eichmann.

– En fait, ce que je voudrais surtout savoir, c'est si quelqu'un a osé finir la bouteille.

Je m'arrête près de la porte, jusqu'où c'est plus moi qui l'ai accompagnée que l'inverse. Son doute supplante celui de mon père en insignifiance, mais au fond il est assez symbolique. Alors je lui réponds que, ça aussi, je l'ai cherché, et que la fin de la bouteille, c'est ma grand-mère qui l'a bue, au goulot, à notre santé.

Après Jérusalem

Quand son mari a été jugé puis pendu à Jérusalem, Vera Eichmann est retournée en Allemagne, où elle est morte en 1997. Hormis Dieter, qui est resté à Buenos Aires, et qui d'après une brève du journal britannique *Daily Mail* y vivait encore en 2018, non loin de la maison où a été capturé son père, ses fils sont tous rentrés en Europe. Des quatre, le seul encore vivant est le benjamin, Ricardo Francisco Eichmann, une version nettement améliorée de ses frères (mais peut-être pas dans le sens qu'aurait aimé leur père) ; il est professeur d'archéologie à Berlin.

Après avoir fait publier ses entretiens sous le titre *Moi, Adolf Eichmann*, Willem Sassen aurait travaillé au Chili comme conseiller du dictateur Augusto Pinochet, entre autres activités sans doute tout aussi sympathiques. Il est mort en 2002. Sa fille, Saskia Sassen, une importante sociologue et écrivaine, vit à New York.

Silvia Hermann vit elle aussi aux États-Unis, mais refuse de parler de sa relation avec le fils d'Eichmann. Son père, Lothar Hermann, a non seulement reçu sa rétribution financière une décennie plus tard, mais a été plus tard accusé par certains médias de savoir où se cachait Mengele, voire d'être Mengele en personne. La police a même relevé ses empreintes digitales pour les comparer à celles du fugitif. Il est mort le 1er juin 1974, le même jour que le général Perón.

Josef Mengele, comme chacun sait, n'a jamais été attrapé ni jugé. Après la capture d'Eichmann, il a fui au Paraguay. Il est mort noyé sur une plage brésilienne en février 1979, comme on l'a appris six ans plus tard.

Berthold Heilig, alias Juan Richwitz, a dû abandonner son élevage de lapins angoras à Córdoba ; plus tard, il a travaillé dans les relations publiques, mais a fini ravagé par la dépression et l'alcool. Le 7 novembre 1978, il s'est jeté du dixième étage d'un hôtel, à San Miguel de Tucumán.

De Herbert Kuhlmann, alias Pedro Geller, on sait juste qu'il est mort en 1985. Il vit encore dans le roman *Une douce flamme* de Philip Kerr.[1]

Peter Zvi Malkin s'est retiré en 1976 pour se consacrer à la peinture, son faux métier lorsqu'il était agent secret pour le Mossad. Son livre *Eichmann in My Hands* a inspiré le film *L'homme qui a capturé Eichmann*, avec Robert Duvall dans le rôle principal. Il est mort en 2005 à New York.

L'agent Zvi Aharoni, qui conduisait la voiture ayant servi à enlever Eichmann, s'est lui aussi retiré dans les années 70, mais pour se consacrer aux affaires, à Hong Kong. Il est mort en 2012 en Angleterre, à quatre-vingt-onze ans.

1. En français : traduit de l'anglais par Philippe Bonnet, Le Masque, 2010.

Sources

Ce roman se fonde essentiellement sur les écrits d'Adolf Eichmann : *Ich, Adolf Eichmann* (la transcription, éditée par Willem Sassen, des entretiens menés chez lui, *calle* Libertad) ; *Das Eichmann-Protokoll*, où sont reproduits (là encore, édités) les interrogatoires réalisés avant son procès à Jérusalem ; *Götzen*, le livre qu'il a écrit en prison ; et son manuscrit « *Meine Flucht* » (« Ma fuite »).

L'ouvrage qui m'a cependant le plus aidé, en me poussant à écrire celui-ci et en me servant de guide, est *Eichmann vor Jerusalem*, de Bettina Stangneth, publié pour la première fois en 2009 en Allemagne[1]. Bettina m'a conseillé par mail, répondant avec une infinie patience et une merveilleuse érudition à toutes mes questions, elle m'a éclairé sur certains aspects de la biographie et de la personnalité d'Eichmann, et m'a donné accès à des informations et des éléments de ses archives personnelles, avec ouverture, désintéressement et (non sans moins d'importance) intelligence et drôlerie. À elle et à sa générosité, je témoigne ma plus profonde reconnaissance.

1. En français : *Eichmann avant Jérusalem*, traduit de l'allemand par Olivier Mannoni, Calmann-Lévy, 2016.

Outre cette biographie, l'incroyable *Eichmann à Jérusalem* de Hannah Arendt, et ce très beau livre qu'est *L'Affaire 40/61* de Harry Mulisch[1], je me suis aussi servi, entre autres, de : *Eichmann hinter den Spiegeln*, de Bettina Stangneth ; *Lüge ! Alles Lüge ! Aufzeichnungen des Eichmann-Verhörers*, de Bettina Stangneth ; *Becoming Eichmann*, de David Cesarani ; *La traque d'Eichmann*, de Neal Bascomb[2] ; *Operation Eichmann*, de Zvi Aharoni ; *The House on Garibaldi Street*, d'Isser Harel ; *Bruder Eichmann*, de Heinar Kipphardt ; *Heilig*, d'Eckhard Schimpf ; la revue *Der Weg* ; « *Inhumanity in the Humanities : On a Rare Consensus in the Human Sciences* », d'Abram de Swaan, in *The Making of the Humanities*, édité par Rens Bod, Jaap Maat et Thijs Weststeijn ; *Santa Evita*, de Tomás Eloy Martínez[3] ; *La ruta de los Nazis en tiempos de Perón*, de Holger M. Meding ; *Nazis on the Run*, de Gerald Steinacher ; *La auténtica Odessa*, d'Uki Goñi ; *Eichmann in My Hands*, de Peter Z. Malkin ; *Eichmann en Argentina*, d'Álvaro Abós ; *Los expedientes Eichmann*, de Gaby Weber ; *Une douce flamme*, de Philip Kerr ; *Mengele : The Complete Story*, de Gerald L. Posner et John Ware ; *La Disparition de Josef Mengele*, d'Olivier Guez.

Pour finir, je tiens à remercier mon frère David, pour son aide bibliographique depuis Berlin ; Lela Weigt, pour sa minutieuse relecture de la première version ; et mon agent Michael Gaeb, tout particulièrement, pour m'avoir encouragé dès le début et soutenu pendant tout le processus d'écriture.

---

1. En français : traduit du néerlandais par Mireille Cohendy, Gallimard, 2003.
2. En français : traduit de l'anglais par Patrick Hersant, Perrin, 2013.
3. En français : traduit par Édouard Jimenez, Robert Laffont, 1997.

Composition et mise en pages
Nord Compo à Villeneuve-d'Ascq

Achevé d'imprimer en France
par CPI Firmin-Didot
en mai 2021
N° d'impression : 163914